藍天白雲集

梁容若　著

1978

東大圖書公司印行

滄海叢刊

中華民國六十七年六月初版

藍天白雲集

基本定價壹元陸角叁分

著作者　梁容若

發行人　莊剛彰
出版者　東大圖書有限公司
總經銷　三民書局股份有限公司
印刷所　東大圖書有限公司
臺北市重慶南路一段六十一號二樓
郵政劃撥一〇七一七五號

行政院新聞局登記證局版臺業字第〇一九七號

自序

一九七一年三月，我由臺中東海路三十號遷居東海北路一二四號大學退休宿舍。附近多荒地，栽花種樹，疊石成山，定名爲素心園。南隣而外，三面爲曠野，特別適於看朝陽賞素月，領畧雲霞舒捲。當時每天還要到靜宜學院上課，看作業編刊物，並沒有多少欣賞自然的閒情逸致。只是遇到久雨放晴，白雲飛颺，藍天出現，就感到心曠神怡。天以洗而加藍，雲襯藍而更白，藍天白雲實在是相得益彰，相互爲用。「天上浮雲如白衣，斯須變幻爲蒼狗」。浮雲的多色多姿，藍天的永恒面目，同樣給人生種種啓示。可惜多年來我不曾注意，只是低頭亂忙。賞玩够了藍天白雲之後，常能逸興遄來，振筆寫自己要寫的文章。

一九七四年春天患了暈眩，說話多了就胸痛，決意照兒女的勸告，辭去學校功課，到海外頤養。無業一身輕，七十一歲才眞正意識[illegible]，過退休生活了。四年來天涯浪跡，換了不少住處，看藍天白雲的機會，比[illegible]飛機旅行，人常在藍天之下，白雲之上，眞像是「道骨仙風刮目[illegible]，已經不怕浮雲遮望眼。

有時感到知進退的浮雲，忽而霖[illegible]使，反而不如自己悠然自得，從心所欲呢。

飛行把世界縮小。作客混化了我的世界[illegible]界。退休使我和一般少壯華僑不同。他們天天有所事，人人有所爲，處處有所求。我則無事無爲無求。因而可以看人之所不看，如一般人看新聞，我喜看廣告。聽人之所不聽，如一般人聽廣播要聞，我好聽兒童婦女節目。交人之所不交，如一般人交結權勢名流，我結識些老人兒童，殘廢失業。這樣所聽所見所感受，也就有出乎平常留學生之外的了。不一定買花種樹苗，却很有興味看苗圃寄來的五光十色廣告。絕對不接近煙酒，却很喜歡比較報紙雜誌獨出心裁的各種煙酒廣告。吃館子注意蒐羅菜單洋火盒，逛市場也隨手檢各商店分發的說明文書。王荆公的詩說：「細數落花因坐久，緩尋芳草得歸遲」。他是大老名流，數落花，尋芳草也顯得不平凡。我是一介平民，只可人人事事處處隨緣，如白雲之行乎其不得不行，如藍天之止乎其不得不止，文章也多是寫了些沒要緊的題目，命名藍天白雲集，一半取義於此了。

「天將強健報清貧」，近幾年我夫婦都能爽朗健步，每天不走到五千步，就覺得全身不合轍兒，睡眠也難恬帖。最感興味的是全家長距離旅行。寓居時常把住所的附近作爲百看不厭的公園。蒙西的植物園，普林斯敦的伽尼湖濱，馬利蘭櫻桃山的農場路等處，都有幾百回的徘徊。戀新懷舊，自然想起談到平生所見的類似景物。記的是華府動物園，談的却涉及到北平東京倫敦的動物園。寫的記的都是看了又看，談了又談的地方。談見聞記感想，也常是把回憶中的故國，眼前的新邦，連結在一起。聯想像隨風的柳絮，偶然似白雲飄搖，不沾泥土是不可能的。蔚藍的穹廬，只是無雨無雲無風無雪的間歇存在，我們所遇的陰霾天黃塵天梅雨天腥風血雨天，不知道有多少。遭遇不同，文字的情調，自然也有差別。在沈悶鬱結裏，以自己的掙扎耐心，等待着藍天白雲。

美麗的大自然，鼓舞了我的寫作興趣，也啓示了我人生意境。我後期作品的重要意匠，是在飛機裏，藍天之下，白雲之上，陸續構成的。

古人說：「老謀深算」，又說「老成練達」，這種造詣，是很難達到的。「經一事，長一智」，「動心忍性，增益其所不能」，也談何容易。「讀萬卷書，行萬里路」，却是閒人庸人都可以作到的。看過聽過不少事物，我現在也居然有了這種條件。深有會心的是「不癡不聾，不爲家公」，「難得糊塗」一類諺語。成公綏的白雲賦說：「舒則彌綸覆四海，卷則消液入無形」知陶淵明的詩說：「雲無心以出岫，鳥倦飛而知還」。我的雜文結束於藍天白雲集呢？還是再有還集呢？這連自己也不知道了。

（一九七八年元月十六日於美國印第安那州蒙西，
刊六十七年二月二十八日紐約世界日報）

雨蒼茫，忽而依猶山岫，仍為造物所

的世界

藍天白雲集 目次

第一輯

第二輯

第一輯

華盛頓動物園

在美國幾年我所看過的學術機構，歷史上性質上任務上具有濃厚的國際性，純學術性，對人類文化未來的重大啓示性，而且雅俗共賞，老少咸宜，爲羣衆所需要的，華盛頓國立動物園是其中之一。美國的動物園，大都市都有，紐約市就有四所，規模內容都很可觀，此外如聖地亞哥、洛杉磯、芝加哥、舊金山、底特律等地都有包羅萬象的動物園和首都爭勝。斯密生動物園因爲得天時地利人和的最優條件，到現在還是美國最知名，全年遊客最多的動物園。據說，每年到首都旅客超過一千九百萬人，有十分之一到動物園，就接近二百萬人了。

一、緣起歷史與成就

英國人移殖到新大陸，最初多是農民工人小商人和抱自由思想的傳教士。專門學人在國內有優越地位，是不肯去流亡拓荒的。美國獨立在西元一七七六年（清乾隆四十一年）。獨立以後，農工商業儘管發展很快，學術研究則許久落後，因爲孤立在世界文化圈外，各種學術資料缺乏，一般人孤陋寡聞是難免的。英國的學人，痛心於英王分裂了國民，也想以實際行動，加強英美兩國的聯繫，助成新大陸學術發展。化學家斯密生（JAMES Smishson 1765－1829）雖然是公爵之子，因爲多在國外，對美國情形，富有理解。他生在法國，死在意大利，臨終把遺產十二萬鎊（合當時美金五十多萬元）捐給美國政府，作擴大增加知識之用。斯密生的行動，在美國引起強大有力反應，政府國會各方面有力人士，一九四六年（道光二十六年）合組了斯密生基金會，成立斯密生研究院。現在由斯密生研究院主辦的機構有國立博物館、國立藝術陳列館、國立美術館、富利爾美術陳列館、國立動物園、國立氣象博物館、國立天文臺、人類學研究所、航空太空博物館等。斯密生生前不曾到過美國，死後這個英國人的名字，和美國「國立」密切連結在一起。美國的大企業家收藏家，常以財產大部分，或一生珍貴蒐藏的歷史文物，一舉公之於社會，於是乎學術研究得到有力支持，文化遺產爲國民所共有，風起雲湧，形成了新大陸研究各種學術的新機運。

國立動物園，創立於一八八九年（清光緒十五年），由斯密生基金會第三任秘書郎理（S. P. LANGLEY）建議國會發動。那時美國土產的水牛快絕種了。斯密生研究院得到稀有的六頭水牛，和其他動物，在國會前的茂爾廣場，築圈保存，等候動物園的成立。到一九二六年蒐集動物有一千七百件，當年又增加了一三五三件，那是斯密生哥瑞來探檢隊在肯亞收集的。一九三七年國家地理探險隊在東印度又得到八七九樣品。一九三九年動物園職員在南亞細亞和南極圈採集些稀見動物。一九四〇年斯密生火石探檢隊到利比亞也得到些動物。探檢隊所得的，個人和外國政府所送的贈品，加上其他動物園交換所得的，總合成爲現在國立動物園的全貌。

二、現在規模內容與利用

國立動物園位置在首都西北部，佔岩溪公園中心地帶。全園由西北傾斜向東南。西北入口在康奈梯大道，當加濟築大道與戴翁涉街之間。東南入口在哈瓦街與亞丹米路交叉處。全面積一百六十五英畝。原有邱陵溪澗，瀑布林木，風景秀麗，適於長養鳥獸。現在飼養動物達二千五百種，分爲八百多類。大體就動物學分類畫區，鳥類有四百種，哺乳類有二百種，爬蟲類和兩棲類合有二百種，魚、軟體動物昆蟲都有。適應地形習性，或挖穴，或造巢；或蓄水爲池，或籠樹成巢。海獅池塘佔全園中心。西北部爲象房斑馬長頸鹿房等，東北部爲獅虎豹狼等猛獸。爬蟲類在北部，與猿猴比鄰。鳥類均在西南部。哺乳動物以大小分區，軟蹄與硬蹄類自成世界。兩棲類與爬蟲類均有分土。

在動物學上有特徵的動物，優先蒐集。美洲沒有的，世界上存數無多，即將滅種的動物，特別加意蒐求，保護生育，以散佈爲世界的標本。說明書三種，特別提出的珍貴動物爲：印度產白老虎、白象、犀牛，非洲的長頸鹿、大斑馬、偃月刀角羚羊、派米河馬、北極熊、南美金絲猴、紐西蘭無翼鳥、古巴鱷魚、夏威夷天鵝、喀拉培膏龜、吸煙熊、婆羅洲猩猩、禿頭鷹、中國熊貓等。眼鏡蛇久聞大名，現在第一次看到。淺紅羽毛的大仙鶴模型，常發現在美國碧綠草地上作陪襯，初以爲是把白鶴灰鶴，美化的想像模型，現在眞看見他們長腿桃紅翅膀悠然在草坪池邊啄食，眞是高雅絢爛，飄飄然有仙意了。

全園集中了寒溫熱三帶的動物。北極熊夏天需冷氣，大象冬天要保溫，食物千差萬別，各自適應他們的習慣安排。園方強調動物的科學化營養，不許遊客隨便給他們東西吃。開列各種動物固定用餐時間次數食品，有興趣研究某種動物飲食習慣的，只有在規定時間去觀察了。鳥入籠，獸入園，河豚入池，自由失了，跑跳飛游都不方便，正如人在監獄中，欲求其情緒健康正常，飲食男女，不受影響，是不容易的。園中經營，以人工模仿自然，儘可能求生活舒適。獸王獅虎新住宅佔地一英畝半，不能長嘯駿奔，跳踉散步則綽有餘裕。大鳥籠中有樹有草有土，有池、有出口，飛翔自如，進退任意，則亦成爲情願不自由所在了。

園中附設有動物醫院和研究中心，集合獸醫家和動物學者研究各種動物生態，及保護方法。和世界大動物園保持聯繫，隨時交換保養各種動物的知識技術。另有園友會的組織，集合有興趣於保護動物，發展動物生態行動研究人士；推進關於動物園學術教育的各種活動，園方給園友以研究和發表的方便。園中禮品店出售論文出版物、膠片、紀念品、氣球、明信片等，即由園友經營。

爲遊覽人方便，前後門均有廣大停車場。公共汽車站亦達前後門，問事處急救處均去後門不遠。休息室有四處，禮品店飯館各有一處，果汁冷飲店，公用電話散在各部位。迴送敞棚遊覽車，買票上車。車上有人說明。適於野餐地位有桌子坐位設備。垂柳婆娑與豔紅紫薇相映，碧綠草地環繞着美人蕉花壇，盛夏驕陽中到園，感到喬木遮天，流瀑送爽的清涼味道。

三、動物園雜話

人類從進入畜牧時代起，就喜歡亂點鴛鴦譜，誘導動物雜種交配，驢父馬母產生騾子，強壯而少疾病。史記霍去病傳記匈奴單于乘六騾冒漢圍逃去。可見騾子在西漢初已經大流行。山東河北地方，騾子的使用數，遠多於馬，均從內蒙古販來，因騾子不能生育，馬驢交配，均由人主持。英國動物園曾使斑馬與黑驢交配，產生斑驢（ZEDONK）。又傳使獅子爲父，老虎爲母，或老虎爲父，獅子爲母，均可產生新動物。英國動物園的惟一熊貓，曾與俄國動物園的熊貓交配，同居三四月，惟並未能生下後嗣。美國人很珍視一九七二年尼克遜從北京帶回的一對熊貓，加意保養，作有起居注說明册子，希望他倆生育傳宗接代。在白老虎旁住的一頭非洲豹，各加路（KOLN），曾送到聖路易城動物園的同族類交配。美國各動物園成爲一大世界，進行着人爲的選偶相親結婚續弦試婚、分居種種活動。

倫敦動物園曾把一條一丈多長的蟒蛇，和一條七八尺長的蟒蛇合養。忽然短的一條不見了，長的粗出了幾乎一倍，不食不動，僵臥了兩個多月，又活動起來，原來把他的同伴吞下去，慢慢安全消化了。這是生物史上驚人的故事。獅子和老虎可以成婚，這否定了「非我族類，其心必異」。大小蟒蛇可以相吞，這又是同類相殘，人畜無別的好例了。

明史紀事本末記甲申年（一六四四）三月，李自成快攻進北京城的時候，城內象坊橋養的羣象都哀鳴，淚流滿面。不是象有亡國換朝之悲。圍城之下，食品斷絕，典守者自顧不暇，不再以他們生死爲念，飢寒交迫，灑淚哀告無門罷了。北京動物園入民國，在政府南遷，抗戰淪陷時，曾兩度經此慘劇。

中國歷史上有許多封禁山，禁止遊覽樵採畜牧打獵。清朝把興隆東陵易縣西陵奉天北陵都定爲禁地，吉林長白山稱爲靈山，不許遊覽樵獵，人跡不到，自然成爲野生動物的樂園了。北平城內太廟住着一大羣灰鷺，春來秋去，以三海中魚爲主要食料。後來太廟闢爲公園，遊人日多，安全漸成問題，遂不復來。灰鷺曾被稱爲神鷺，受過保護。

北極白熊，毛細厚如絨毯，東京動物園夏日使伏於池塘中，喘息汗流，如強人盛夏服重裘，苦痛可知。象生熱帶，皮光無毛，移置冰天雪地之北京動物園，如裸體過多，生意全無，難期全其天年。華盛頓有個馬戲團，馴養象十六頭，老虎十三隻，豹十三隻，能把他們指揮如意，表演各種遊藝，人畜合作，和好無猜，主要在吃住上體恤他們，人與動物靈性與愛，遂能相通。聖地牙哥動物園有一隻小象哈泰利與大明星約翰韋恩合演在非洲狩獵犀牛的影片，象的聰明可愛，曾引起千萬人的寵愛注意。聖經上說：「在天國裏獅子和綿羊睡在一起。」動物園經營好了，可以出現這種景象。

貓頭鷹，一名夜貓子，亦稱梟。在中國傳說上稱為凶鳥，鳴聲主不祥，漢朝人鼓勵捕梟，每年定期百官吃梟羹。此鳥久遭迫害。歐美人把他看作智慧鳥，因眼大而夜能見物。北平動物園曾經牌示表彰貓頭鷹深夜捕鼠之功，視為益鳥，而受到保護。

四、看不見的一面

在動物園可以把許多鳥獸看得仔細，但也有看不見的地方。園中所見是飲食豐富，冷熱無憂起居安適的情形，飢荒災難迫害戰鬪的情況下就不同了。園中所見是個體少數的生活，羣居遷徙狩獵或戰鬪情況下，就另有性行了。獅吼虎嘯狼嚎豹哮在園中不易看見。百鴿滿山和鳴，羣雁成行遷移，狼羣圍獵，蜂國戰亂，蟻羣拼命更須易地觀察。保留一部分天然動物園，把野生的動物，和保育下的動物比較觀察研究，更有興味。

為人類俘虜馴養保護的動物，年深月久，本性逐漸消失改變是難免的。園生動物的第二代第三代，生存競爭的能力也會退化劣化，不能比野生時代。人類以改善物質生活環境為最大幸福，自淪於溫室鮮花，圈中靈長，實在是最值得深思反省的。

前人常空談「贊天地之化育」。動物園業務發展，我們也許有一天會看見美洲最美麗的鳥紅衣主教（CARDINAL）和亞洲最美麗的鳥黃鶯結婚，丹頂鶴和紅羽鶴的混血鳥，眼鏡蛇和雨傘節的混血蛇……一切千奇百怪的成就，可以彌補上帝創造力的不足，使我們見所未見，聞所未聞。優生混血的動物實驗，也可以給人生以多方面啓示。

詩人文學家常把粗疏的觀察，神秘的想像，荒唐的傳說，和動物附會鈎串到一起，中國慈烏南美塘鵝（交啄鳥）都有過孝鳥反哺鳥的傳說，事實上並無此事。暴橫的杜鵑，中國詩人稱為寃禽，拙笨的佛法僧，日本佛教徒尊為靈鳥。韓愈有祭鱷魚文，杜甫有頌子規詩，狐狸龜蛇猿猴的趣味故事，更是充斥在文學書裏。看了動物園，也許引起幻滅的感觸多。四靈之三，龍鳳麒麟都走偏世界，無處找尋，龜雖種類繁多，卻沒有古人所說的某種靈性。新發現的是人用了科學方法，可以替天行道，燮理陰陽，無中生有，推陳出新！人能造出騾子，已經很久，人教騾子生育，也許要更費智慧和時間呢！

（一九七七年六月四日於美國蒙西）

我看美國國會圖書館

住在美國三年，增加了不少見聞，最感愉快的是找到了多年找不到的書，看見了多年看不見的文獻。在普林斯敦大學逍遙一年，葛思德文庫的中日文寶藏，使我恣情漁獵，解決了不少久蓄的疑問，也寫了幾篇稍爲稱意的文章。此外密西根大學、俄亥俄大學、印第安那大學、馬利蘭大學等圖書館，也通過人事友誼關係，郵包供給了我不少書籍。美國找不到的，委託日本朋友，在日本的重要圖書館，要摘印覆印的資料，也常能一一到手。這樣，雖然說，異域飄泊，談到作學問寫文章條件，卻是比坐守大度山，抱殘守闕，素心灌園，反而方便一些。

去年八、九兩月，我住在華盛頓郊外學院城七泉莊，離美國國會圖書館，只有半小時汽車路，因而在這個圖書館消磨了不少時光，賞鮮豔的紫薇，吃便宜的自助餐，十分寫意。建築的宏偉，各種藝術化的雕塑繪畫的工麗點綴，介紹的人已經很多。就圖書說，一九七五年六月底的統計，書架接起來有三百三十六英里長，書有一千七百四十六萬多冊，工作人員有四千五百多，他們所精通的外國語文在五十種以上。現在全世界算規模最大，內容最充實的圖書館了。中文書部分，照一九七四年六月底統計是三十九萬八千二百七十九冊。近三年大量增加是臺灣和大陸新出的書，顯微膠片期刊等，還不在內。一九七二年起，國立北平圖書館經常送國會圖書館書，期刊就有八千種，目前按期收到的也在百種以上。目下國會圖書館所藏中文書，實際上在五十萬冊上下，在國外算中文書的最大收藏了。

國會圖書館所藏中文書古本精華，可參看國會圖書館藏中國善本書錄，這書由王重民先生初編，袁守和師重校，一九五七年出版，全書二冊，凡千三百多頁（臺北已有翻印本），附錄各著者索引，英文序言已由梁一成漢譯，見國語日報副刊書和人二九三期，可略見本書內容。這些少見的中國書，是他們多年所蒐集。中日戰爭前四年，淪陷區的公私立圖書館，名門學人的珍貴藏書，大部流散，轉入書賈手，美國人有計劃大規模收購，哈佛燕京社、加州大學、哥倫比亞、普林斯敦、支加哥等大學，所得都不少。國會圖書館自然目光最遠，手筆最大，把握了千載一時的機會，構成了歷史的洋洋大觀。一九四一年（民國三十年）三月八日，哈瓦斯社路透社的華盛頓訊，都發出國會圖書館東方部主任恒安石（A. W. Hummel）博士長篇談話說：「若干年來，北平有文化城之目，各方學者，薈萃於此，誠以中國四千餘年以來的典章文物，集中北平各圖書館，應有儘有。自今而後，或將以華盛頓及美國各學府爲研究所矣。抑中國偉大的典章文物之流入美國，對於美國思想界，亦必有相當重大影響。蓋中國文明，乃社會民主政治之極則，與美國文化，殊途同歸……所望美國全國學生，於本國永久貯存之中國偉大學術富源，多加研究焉。」又說：「中國古書之大批輸入，當可補救泰西物質主義，蓋中國文化實在社會民政與技術發展中代表人類之更大進步，可使人類安居無擾也。近已運抵美國之中國書籍中，有數千種係地方之史乘，如府志縣志之類，此種史乘中，對於女子事業，記載頗多。其他爲法律書及判例，此亦外人所罕聞者也。」這時國會圖書館所收中國書，已有二十萬册。（Hummel 在一九五四年退休。）據美國東亞圖書館協會最近報告，全美國所藏的中國書總數超過四百萬册，收藏中文書超過十萬册以上的圖書館，已在十處以上。

珍珠港事變前不久，我國政府爲策國寶安全，把存在上海法租界的國立北平圖書館的最珍貴書二千七百二十種，約計三萬餘册，裝成一百零二箱，其中包括宋元本約二百種，明版近兩千種，鈔本五百餘種，密運美國國會圖書館保存。這批書是國立北平圖書館的善本精華。存美期間，國會圖書館曾經全部照成顯微膠片。日本降服後，原書已全部安全運回臺灣，由故宮博物院保存。化身縮影還光輝着美國首都。

袁同禮先生所編的國會圖書館所藏中國善本書目，包括宋版十一種，元版十四種，明版一千五百十八種，稿本一百四十種，高麗日本版中國書各十一種，共記述一千七百七十種少見書，這都是原書，前說的顯微膠片並不在內。此外朱士嘉編該館所收中國地方志目錄，共收三千七百多種，在數量上也僅次於國立北平圖書館了。

他們的蒐集胃口是多方面的，一八六九年（清同治八年）就從清朝政府要到農政全書、本草綱目、醫宗金鑑、針灸大成、梅氏叢書等農醫算學的重要典籍。法律圖書館有書一百二十萬册，遠東法律部特別由華人夏道泰博士主持蒐羅。此外百科全包，鉅細不遺，雅俗不分。民國二十年至二十二年我在山東民衆教育館主編的山東民衆教育月刊，竟找到了十多本。一九六九年（民國五十八年）臺北學生書局影印的張岱著明紀史闕舊鈔殘本二卷，該館竟迅速購有複本七册。（此書全十五卷，張岱撰，有清道光四年甲申鄭氏刊本。販書偶記二一三頁，周作人書房一角，均記有刋本全書，瑯嬛文集卷一有史闕序，中央圖書館所藏殘鈔本，殊無重要性。）這些均可見胃納之驚人，照顧的周到。

該館因購書受贈書過多，主管人繁忙。有書無目者偶亦有之。予查日本文求堂田中慶太郎批印莫友芝著郘亭知見書目，卡片中無有，居然在書架一角發見。新寄贈的雜誌堆集如山，到此才知世界之大，出版物品類之繁。

曾在本館工作過的中國名流學人也不少。作過清華大學社會人類學主任，研究人口勞工問題的陳達，作過申報副社長交通部編譯局長的上海人王國鈞，作過金陵大學東北大學圖書館長的江寧人李小緣，目錄學者敦煌學名家高陽人王重民，供職燕京大學，編過中國地方誌綜錄的朱士佳，中國社會黨首領上饒人江亢虎，以及韓壽萱等，均曾一度在此服務，留下業績。袁同禮先生早年在美讀完圖書館學位，即曾在館實習數月。民國三十八到五十四年退休，凡十六年參與了館中學術目錄工作。他晚年的許多堅實不朽著述，給學術界以永久方便。九江吳光清博士，出身金陵大學支加哥大學，研究書誌學，博聞多通，在館任職三十七年，著有中國出版界全貌，遼金元清四代出版業，宋版書說明等作。他已於一九七五年六月退休，在從容著書，我曾在他的寓所，暢聆館史及各種問題。現在中文部的主管人為原籍遼中的王冀博士，出身美京喬治城大學，盛年博學，幹鍊有為，曾向我流露溝通全世界中國文獻的碩畫宏圖。曾培光先生供職中文部亦久，熟悉負責，有不少貢獻。

館中新書既無限量增加，新分館也正在建築，看八九月的行事曆，展覽、講演、演奏，種種活動，在悠閒中緊張。全館佔地十三英畝，來客常找不到自用車的停留處。停留在太遠的地方，步行也就很費時間了。找書很快，外借有各種限制，照像複印服務迅速，收費不太貴。具備美國全國聯合書目卡片，把全美的重要圖書館成為有機體結合。

中文部似乎還缺乏些分類學術性的提要說明目錄，大部新書卡片多照市場上書面版權頁著錄作者出版時期地址記錄，缺乏學術性的鑑定。留在館中的國立北平圖書館珍貴書二千七百種書顯微膠片，簡目之外，也沒有書誌學的說明目錄。

一九二五年九月，袁守和師開始在北平師大開圖書學科，選課的各系學生不少，而特別有興趣，按時交作業，經常提問題的是孫楷第王重民和我三個人。也因這個課使我們的友誼增加。畢業之年，袁師分別邀我們三人到國立北平圖書館工作，他們兩人應命了，我因爲種種牽掣，沒有選擇書誌學爲終身職業，在大學教書，史學目錄學，古籍導讀，參考書使用法一類枯燥科目卻被迫擔任，又經常負了選購中日文圖書的責任，就不能不看這方面的書。袁師在刪訂國會圖書館善本書志原稿的時候，我曾去信說願作助手，從事於這類工作。他回信說，沒有機緣邀我幫助，卻可加印一部分原稿寄給我細看，也希望書成後有一篇書評，永留因緣。我是欣然應命了。可是不吃菜，只讀食譜，如何敢妄下雌黃，徒亂人意呢。現在原書出版已二十年，我才有機緣來華埠悠然讀書，袁師逝世已十二載。興趣廣博的我，接觸到舊書如海，新書如山，眼花撩亂，問津無人，緩急輕重，眞感到莫知所措手。我和北京琉璃廠有十六年因緣，東京神田街有兩年行走，住過普林斯敦之後，來看首都山，也算得天獨厚了。

在我興致勃勃的紅葉新秋，忽而患了暈眩，老妻怕我步王光祈的後塵，倒死在外國圖書館樓上，派女婿買好飛機票，押解回蒙西。住在自由的國度，看書卻沒有自由。本想今春櫻花開時，再度南下，醫生又說，看花可以，看書現在不適當。我想利用國會圖書館完成的幾多志願，不知道要拖延到那一天了。

臺北中央日報副刊本年二月二十一日登了梅菱君一篇介紹國會圖書館的專文，他根據的資料太少太舊，而又把錯誤的翻譯和無稽的傳說，勾串在一起，以中副的地位與影響，不能不略加訂正：

1同治八年（一八六九）四月清朝政府贈美國會圖書館十種書的第一種是道光九年（一八八二九）阮元在廣州刻的粵雅堂本皇清經解，共三百六十六册，分裝五十函，包括解經的書一百八十五種，共一千四百卷，這不能翻成十三經注疏。阮刻十三經注疏有嘉慶二十年南昌府學本，無道光九年本。

2一九〇八年（光緒三十四年）清朝政府因美國退還庚子賠款，贈一部古今圖書集成作答謝。這部類書共一萬卷，分裝五〇四〇册，康熙時由進士陳夢雷初編，陳得罪後雍正初命尚書蔣廷錫等接編，雍正三年（一七九八）成書，不是刻於康熙年間，更與紀曉嵐無關。紀昀生於一七二四（雍正二年），在康熙死後二年，兩人如何能打交道。作者把四庫全書和圖書集成混爲一談，紀昀和陳夢雷幻化爲一人，如何錯成這樣，就不是我所能想像的了。

用中文記美國國會圖書館資料的，紐約中國新聞處編美國研究中國問題第十三期（一九七五年六月出版），有專文，陳紀瀅先生編美國的圖書館一書（一九六五年十月出版），有專章，錢存訓先生作「中美書緣」（見傳記文學十四卷第六期）北平圖書館善本書籍運美經過」（見傳記文學十卷二期）是專題報導，可供參考。

國會是美國政治文化的大腦，圖書是主要智慧滋養機構之一，宏偉豪華實用，代表了美國建築工程，雕塑繪畫各種藝術的結晶，走一步看一眼都有歷史智慧的存在，啓發性靈的作用。這一批中文寶藏，是中美文化合作的絢爛歷程，能充分利用，將有無窮的世界文化貢獻。我建議圖書館主持當局，聯合紐約的中國新聞處，華盛頓的中國資料研究中心，編些更詳細的綜合說明，和分門別類的學術目錄說明，要深入而淺出，以英文中文本同時發行，會使這些典籍更活躍，更能爲人羣服務。如果能與代表我國的國家圖書館類似寶藏主管人溝通合作，那就意義更深長了。

（一九七七年三月十八日紐約聯合日報）

美國人的住居

在美國，一個普通工人、店員或小學教師，可以有年薪美金八千到一萬元收入，除了扣稅保險之外，以每月實際收入四分之一來解決住居問題，租房或用分期付款方式買房，都可以作到。餘下的數目，維持一個小家庭的衣食行，也總可對付。所以只要沒有失業，不會沒房子住。在印第安那州一個中型的都市，目下平民區每月一百五十元，可租得一客廳兩臥室，配上洗手間、廚房，大概有十六建坪上下。車房自然沒有。這種小住宅四周空地也不會太多。草坪由房東負責修整。

每一個都市都有些高級住宅區，道路下水道特別整治，宅地每戶大到一畝至二三畝。住宅建在中央，四周圍以草地，車房前跑道可以停三四部客車，花木是選擇的計畫的，全社區像一大花園。修整樹木，栽培好花，剪平草地，塗飾房屋，像是家家在競賽。人人彬彬有禮，兒童貓狗也自由來往。這種地區確是路不拾遺，也可以夜不閉戶。鎖門出去旅行，離開十天半月，不必找人看家。連門前窗外的盆栽花木，都會有隣居臨時照顧澆水，具備了黃髮垂髫，怡然自樂的太平景象。這些人家的年薪收入都在兩萬元以上，無論一人工作，或夫婦都在工作，家庭生活一切要自理，用人是不可能的。太太要不會開汽車，就無法買菜，先生要隨時爬房頂檢查氣眼，鑽地下室修整下水管子出問題。如果想勞動工匠，呼應不靈不必說，一上門十五元起碼，比屋主的時間更寶貴，而且自由開價，沒有什麼商量優待的餘地。把大塊草地，維持到相當水準，也不是容易事，長得快的時期要每週剪，乾旱要澆水，雜草要剔除，乾樹葉要檢出，相機施肥，見缺補種，成爲過週末重要勞作之一。

在結婚前後，學術上職業上拚命奮鬥的青壯年，沒有心情時間多費在住房上。通常是住公寓。新澤西州普林斯敦大學校園東頭加尼湖邊，就有一座長二百五十步，九層高的鐵筋洋灰建築，專用作講師、助教授級的出租宿舍，分住了一百多家。每家都占兩層，上層是臥室洗手間，下層是客廳厨房，臥室有兩三個不等，租價每月從一百八十元到三百元。底層是公用的洗衣室（有多架洗衣機吹乾機付費租用）、托兒所。作飯的瓦斯、冬天的暖氣由公寓供給不另收費。一般家庭用具由住戶自備。兒童遊戲場運動場有幾處，送上小學的公路車，可以開到樓前。這種公寓，溫度調節，厨房下水道電梯電燈垃圾管理都有人負責。連冬天路上掃雪鋪沙，秋冬樹木修剪施肥，都有專人工作。住戶鎖門出入，安全而自由，限制只是不許養鳥獸，避免播音機聲音過高之類。這一類的公寓，學校、工廠或機關建築的，私人作爲企業經營的很多。高級一點的，選擇有風景眺望好的地方，配上遊泳池運動場，寬大的停車場。住戶適應需要，也可以加減房間，斟酌租期。

近年來人的壽命延長，退休閒逸的老人數量增加。他們的住居，不受職業限制，可以選擇氣候、風景、物價、隣人。四季如春，風和日麗的地方，山明水秀，天藍氣爽的所在，發展起些頤養村、壽星公寓之類。佛羅里達州、南卡羅里那州、加里佛尼亞州等地，尤其爲人憧憬。閒人和閒人湊在一起，什麼年代的人談什麼年代的事，比較可以解除寂寞。飛機多，朝發夕至，電話方便，一叫就通，親屬朋友，連繫容易，見面寒暄，千里外如同里巷，所以他們把一個大家庭拆成了許多小家庭，也用科學的力量，把許多小家庭結合成了大家庭。見面不難，聲氣常通，離情別緒也就變爲行雲流水，無動於心了。

美國人除了很少數印第安人以外，大部是從歐洲來的，再加上一部分亞洲非洲的流亡者被迫害者。這些移民，從窮苦憂患中掙扎出來的占大多數。新大陸天地寬，資源多，隨便一建築安家，就能新居勝舊居。英國系清教徒從東北部紐約賓州一帶，向西向南發展。氣候變暖，土地更肥沃的原野無邊。誰先拓荒，誰發大財，誰有勇氣深入未開發區，誰有機會成爲大地主礦山主企業家。所以一般人沒有株守老家安土重遷的觀念。人人是東西南北的人，喜歡旅行，尋找刺激，耳聽六路，眼觀八方，住宅隨買隨賣，看需要看興趣，缺乏故家喬木，子孫永保，賣鍋不賣窠的傳統。房產稅很高，因地區因房價大小而稅率不同。中年因職業所在而買房，以後子女逐漸成立遷出，退休後就沒有守空房納高稅的興致，遷地改住公寓，較爲合算。現在建築的出售住宅，保險期常定爲三十五年，恰好相當統計學上的人生一代。自建傳子孫的房惟恐其不堅固。買來賣去，和股票商品等量齊觀的房屋，偷工減料，塗飾表面，是難免的了。

工商業發達以後，大都市勃興。治安交通，文化娛樂，醫藥衞生，學校社交，鄉村都不免落後。農業機械化結果，村莊的勞動人口需要減少。因而憧憬都市的村民，像流水一樣，向大都市集中。可是，近年來形勢又大變。工廠汽車使大都市的空氣污染嚴重，成爲不衞生的地方。人多品類猥雜，犯罪行爲，交通事故，給一般人威脅。另一方面，汽車普及，使人的活動幅度放大，廣播電視發展，使鄉村的文化娛樂享受，和大都市扯平。於是大都市郊區的高級住宅紛紛出現。底特律、紐約、華盛頓的市區內住宅，也產生平民代替顯貴，黑人換去白人的局面。適應新郊區的需要，超級市場，大餐館，遊樂設施都追踪而至，新企業一定配有大停車場，市區內的住戶，也反而覺得到新市場新餐館新影院更方便一些。郊區住宅的身價就更提高了。

美國人因爲食品太豐富太充足了，有不少人害了營養過良（痛風一類）病，有些人苦於太胖，千方百計要減體重。連鄉村的男婦、領社會救濟的失業人士、殘廢百姓都包括在內。在蒙西的農產品展覽會，在辛辛那提王者島的兒童遊樂園，我見過些胖得驚人的男女，爲中日韓等國所從來不曾看見的，比起歷史上畫的塑的密勒佛胖娃娃，也覺到見聞想像不夠，未免小家氣了。這是吃的太多太好了。在美國難得熱得出汗也難得感到冷。各種住宅冷暖氣設備都很普遍。一般標榜，冬夏維持華氏七十二度。車站市場工場機關學校，無不如此。醫院圖書館也許作到冬天比家庭更暖，夏天比家庭更涼。汽車上火車上飛機上，都把空氣調節得很好。照理說，感冒病的侵襲，應當比較少了，出乎意外的，治感冒藥的廣告在報紙電視上特別多。提到流行性感冒，大家談虎色變。衰年來美的我和友人陳兼善老先生，兩年來卻常在感冒流行高潮裏一次一次僥倖脫過。長期的環境舒適，是否會減少人類抵抗病患的能力，也許是可注意的問題。

以前洋房和我國舊建築不同的地方是間架高大，廊廈寬，窗宇多。光線空氣比較好。近年因爲冷暖氣的節省使用，房間變矮小，窗子也減少。相連的配以太陽燈和空氣調節器，成爲風氣。臺中東海大學的招待所，矮小黑暗，教堂（魯斯堂）黑暗閉塞，自然是受外來風氣影響，可是冷氣空氣調節設備都沒有，連室內燈光也不夠用。於是乎這種建築就一無是處，不適於應用了，接暖受新事物，能考慮周到因地因時制宜，是在人的智慧了。

（一九七六年三月於印第安那州蒙西曾刊臺北今日經濟月刊）

沒圍牆的地方

我國的建築，圍牆占了重要地位。以前的皇帝，用外城內城皇城紫禁城把自己層層包圍起來。紫禁城裏，三宮六院，仍然各有圍牆。遊覽故宮，到處看見是牆。牆厚而高，不得其門而入，不見陳設之美，享用之豪。名門大戶，也都是牆高門深。此外，衙署有牆，寺廟有牆，學校有牆。「紅杏出牆」，「蜂蝶過牆」，「狗急跳牆」，這些牆雖然不高，也還是儼然存在。窮到「家徒四壁」，什麼都沒有了，只有牆存在，可見牆是構成家的基本條件。

美國一般住宅和我們大不相同的是看不見圍牆。房屋建築在地區中心，四周圍以平綠草地，有房牆，沒有院牆。經心用意栽培的花木，點綴的景物，多在門前路旁，人人可以看見欣賞的地方。這家多種玫瑰，另一家也許廣栽芍藥，忽而垂柳婆娑，忽而楓紅橡紫，黃金樹亭亭如蓋，老白果（銀杏）高聳入雲。縱橫道路交錯的角落，多有空地，常常安排以種種樣式的花壇。門前信家箱燈台也常被草花縈繞，家家種花給外人看，總合起來，全市全鎭就成爲一大花園，無論走到那裏，無一處不是繁花如錦。左隣右舍，如有異木奇卉，開窗過路就可以欣賞，比自己手栽的也許更當視線。家家在費心點綴，春夏秋冬各有所注重，冬天除了豪莉（Holly）一類常青樹外，玻璃窗裏，也可以看見種種溫室的盆栽，姹紫嫣黃，凌多競艷，和房頂街頭的皚皚白雪，相映生姿。有些人家用多青松柏圍成籬笆，修剪得矮而整齊，不但人可以跳過，連貓狗也可以自由躥入跳出，可見用意在景物配合，防禦侵入的作用不多。洋灰柱鐵絲網的矮籬笆常常爬滿了蔓生植物，如牽牛爬山虎等，或看花，或賞葉，觀賞意味，更是明白的了。

養狗的人家還有相當數量，玩賞意味，也比看家爲多。放開的狗，不咬街，也不大欺侮生人。狗出來散步，每遇到蹓躂的路人，也就前後左右，隨時陪伴，搖尾打轉，表示親善。曠場路旁撿到遺落的皮球手套，也可以代爲叨來叨去，和侍奉他的主人一樣。在蒙西我有一雙邂逅因緣的捲毛白狗，自動來作義務侍從，已經很久了。一天走過他主人庭前，他竟一撲一撲地狂叫起來，覺得很奇怪，就更走近，想教他細認一下，不要輕於誤會，想不到越近越叫，終至立起來作揖。原來主人出門，把牠用繩子拴在樹上，責成守衞，不許亂跑。牠希望我能解開牠，演牠主人常演的脚色。等到我表示無能爲力，牠就失望地臥下不動。大約見人就叫的狗，多半繫在籬笆以內，自由行動的狗，多見少怪，是不輕易作聲的。兒童們都不怕狗，出入各家，自由自在。我們兒時鄰居，沒有主人帶着，不敢亂跑，提起狗咬，戰戰兢兢，大不相同了。

新澤西州普林斯敦大學，建校在美國獨立以前，有二百三十年的歷史，以保留有古風建築、古樹參天著名。有些引路還是用天然石片鋪成，使我們想起濟南城裏的石塊路。校園四面通街，說不上那裏算正門，門也不夠堂皇。地皮大了，森林，分種的菜園地，加尼湖邊的自然坡坨都有。住學校公寓的教職員學生都不許養貓狗，野生的兎子松鼠卻異常多，他們爬高跳遠，三五成羣，簡直不怕人。你走近牠，牠躲開幾步，就又蹲下，對着人像表演工夫。加尼湖濱的深秋落雁，更爲膽大，它們在湖邊休息，人們在湖邊散步，晨昏兩相無猜淡然悠然。它們的忘機意態，使我們聯想起伊克昭盟的斯文老鼠。伊盟的老鼠大部分沒見過危害它們的兩足動物，所以不怕人，加尼湖的雁看慣了和平相處的男女老幼，所以也無怕的意識。鳥和獸一樣呼吸着無拘束的空氣。

這種沒有圍牆的生活，養成了人人爲我，我爲人人的習慣。個人藏垢納汚，汚染空氣不可以。草地不推，枯樹不伐，門前積水，垃圾袋沒有封口，也會想到對隣里沒面子，不必警察干涉，就感到慚愧了。積極方面，兒童見人多了，不會認生，隣里守望相助，更是方便。A家全家度假旅行去了，B家不必拜托會爲他窗前的盆栽澆水，因爲事實上這盆景主要是給B家看的。

沒有圍牆象徵了一種開放自由的社會，率眞坦白的人生。古人說：「打開窗戶說話，立定脚跟做人。」人類越進步，秘密的事，不可使人見使人聽的事會越少。尼克森總統的錄音帶，可以全部由國會審查，多少報紙雜誌，在監視着一切人的言行。「沒有不透風的牆」是說着了，任何黑暗非法的事，遲早都會在光天化日之下現形。釋名說：「牆障也，所以自障蔽也。」事實上萬里長城保障不了中國北邊的安全，柏林圍牆，也切不斷東西德的連繫。元明清三朝亡國，北平高峻的皇城宮城沒有發揮任何防禦作用，可見邊牆圜牆等等，也是阻碍交通有餘，壯大威嚴不足。在路不拾遺，夜不閉戶的世界，圍牆更是無用長物了。省出圍牆的工和料，運用到其他方面，該是東方建築師的聰明意匠。清代有名的南京隨園，就是沒有圍牆的。把家容村容市容國容聯貫起來想，新社區的設計，在世界各地正有不少參考資料呢。

（一九七六年二月十日於美國蒙西綠荆街曾刊臺北今日經濟月刊）

友誼的籬笆

美國人一般住宅區，家和家之間，平坦的草地相連，沒有隔牆。可是栽樹一定斟酌樹的發育性決定離隣居界線的距離。大喬木要離開遠，小喬木或灌木自然可以近一些。以「綠楊長作兩家春」的好意，把樹栽在邊界上是不可以的。有些人家用花葉美麗的灌木，或剪短的常青樹，或鐵絲網洋灰樁作籬笆。高不過二尺，鐵絲上照例纏繞以蔓生的多花植物，陪襯兩邊草地，更增加景色，他們稱爲友誼的籬笆。籬笆不是要隔開兩家，是把最美的長條花壇給對方看，自然有了籬笆，雙方都可以更矜持一些，兒童的球隨便丟過界，貓狗偶然扒翻人家的垃圾袋，會感到責任更重，儘管對方會不在意，會含笑丟回。籬笆總給了兩家一些距離。

臺灣公路局的汽車後面，有一行標語是「保持距離，以策安全。」車和車之間，要防備速率不同，煞不住，發生撞車。人和人之間，略留距離分際，也是減少不愉快不方便的辦法之一。古聖先賢講恕道，是推己及人之道，例如「己所不欲，毋施於人。」「己所欲施於人」。這道理建築在人同此心，心同此理上。然而事實上，人心不同，如其面然。人的面貌音色是千差萬別的，個性也是千差萬別的。有的事自己願意，他人並不願意。有的事自己不願意，他人也許願意。以己度人，有時越體貼迎合對方，越不得諒解，反而造成誤會。普通講客氣講友誼，是互相迎合遷就，屈己從人，所以可暫而不可久。中國的舊式大家庭要「忍忍忍」，該說的不敢說，該作的不敢作，乃至於哭笑坐立，吃喝睡醒，都要受多少限制。

骨肉之親，無過於父母子女，父母子女沒有不互相體貼，盡全力愛護對方的。然而說也奇怪，歷史上最英明的父親，常常和長子不相容。秦始皇把太子扶蘇放逐到邊荒，漢武帝把太子劇逼到自殺，隋文帝囚禁了太子勇，唐太宗廢放了太子承乾，清康熙兩次廢黜太子允礽。當國四十多年的慈禧太后，和自己親生的同治，一手扶養大的光緒，都不相容。太爲對方想了，步步牽着走，讓他無個性無自由，越管訓越不聽話，反感越深，終至於恩怨難分，人倫大變。關係不如父子的親屬，以至親戚朋友，適當距離更是需要。夫婦要相敬如賓，君子要相交如水，「親戚不共財，共財兩不來」，都是古人從辛苦經驗，產生的教訓和啓示。

美國是小家庭社會。結婚以後的子女，絕少和父母同居的。退休以後的老人，也大部不願就養於兒女。表面看好像人情味兒很淡，甚至於有人說，美國是老人的地獄。深深體驗他們的實際生活，不能作這種輕率斷定。美國的小學教科書裏，生動的教孝故事很多，天倫親族的情誼是很厚的。他們的辦法，是各個人保持了自由與個性，親族骨肉之間，儘可能分享光榮愉快，不分享牽腸掛肚的關心緊張，也儘可能減少無法不攤到的人生不幸和苦痛。新婚的職業婦女，過周末不必惦記要早起陪老人吃飯。老人自有年齡接近的遊伴談客，並不寂寞。世界旅行、國內旅行、遊山玩水、新刺激新熟人，還是隨時有。子女雖然不住在一起，定時的慰問電話，聲情具在，和見面差不多。時間短，話自然選得好聽而需要，想過才說，不會有說錯的。生日銀婚金婚一類祝賀，老人成爲中心，成爲許多人關係的樞紐。兒童盼望着一年幾度拜見老人，是好穿好吃好喝好玩，交新朋友的好機會。他們聽不到老人的腰酸頭暈呻吟，也看不見老人丢三忘四的笑話。另一方面，老人不爲愛孫跌下脚踏車輕傷緊張，也不必關心外孫女流行感冒的發燒，兒媳的小產，可以不知，兒子的失業，也可以不問，書信電話，報吉不報災。諺語說：「不癡不聾，不爲家公。」現在衞生醫藥進步，癡聾並不容易，沒用的事聽不到，不愉快的事避免聽，豈不是最好的養生法。如果眞是決大疑，定大策，需要老人智慧判斷，電話報告，飛機見面，也快而容易。所以親族的分居，並不等於家庭拆散。有的夫婦把子女交給老人，本人短期度假旅行，可以說老人爲子女作托兒所服務，也可以說使孫男女享受祖父母的直接愛撫。時期短，招待得豐盛而周到，祖孫兩代都有嘉會苦短，餘味繚繞的感觸。

工作一生的美國人，儲蓄養老金，可以在退休後生活很富裕。健康的保險使疾病意外都不難應付。過了六十五歲的老人，自有住房汽車不算，如果銀行存款不到二千元（八萬臺幣），就可以請領社會安全金，每月每人可有一百五十元上下，（這數目吃飯營養是足夠的）各州數字不同，一部由聯邦政府出，一部由州政府出，從一九七四年春天就有這種法令，而且和子女的職業收入全無關係，子女可以是豪富，父母也不妨領安全金生活。養老成爲國家的任務，不是子女的責任。窮苦的老人不成爲子女生活的負擔，孝道只是情誼上禮貌上性靈上的發揮。領安全金生活的老祖母，也可以省出孫男女的生日聖誕節禮物，以至偶然的糖菓招待費。在這種情形下，「慈」和「孝」作起來都容易。學校的成績展覽會遊藝會畢業式，榮譽獎，都儘可能地邀老人參加，也就是分愉快於親族骨肉了。

日前一位來美國和兒子媳婦孫男女同住的老太太，含着眼淚向我訴苦說：「婆婆主貴的時候，我做兒媳。兒媳主貴的時候，我作了婆婆。伺候下兒媳，倒也罷了。烤好的麵包她不吃，要扔開另烤，才出籠的饅頭，她要剝皮兒吃。包好了餃子，孫子要吃牛肉餅，燉好了羊肉，孫女要吃三明治，兒媳就另預備，兒子也不說什麼。我沒辣椒不下飯，他們聞到辣椒就打噴嚏。她作的硬牛排我可咬不動，又酸又澀的澆汁生草，我又如何能嚥下去。說什麼依親養老，簡直是出洋受罪……住下去吧，度日如年，回去吧，親人何日再見？兒子和自己都沒臉面！」

他說的很值得同情。如果聽兒子兒媳報告，也許更有苦經難念。以前的兒女吃祖產，現在須自己謀生，以前本鄉本土通婚，現在擴大到天南地北，乃至國外。以前兒童隨老人口味，現在不能不受學校食堂街市餐館影響。一切變了，不變的就枘鑿不相容了。快速的自助餐廳，適應多方面口味。一桌一屋可以容納許多客人，還是不妨自己選自己的菜點。複雜的家庭，如果是一宅分院，一廚分燒，用機動的合，調濟方便的分，使親族老幼之間，常保有友誼的籬笆，不過度的相遷就求合同，也許更容易相望相依，言有度而行有禮。溝通古今中外的家庭體制，也是創造新時代文化的一個課題。比較深思，也許比翻印二十四孝更有用處呢！

四月二十三日於蒙西綠荆街

（六十五年五月十日中央日報，六月廿六日紐約世界日報）

七泉村公寓

瑞士是世界的公園。美國選擇風景優美的地方，加以整理修繕，成爲國家公園或州立公園。其實只要有人力物力，運用智慧創造建設，合作互助，處處可以成爲公園，人人可以永遠住在公園裏。現在我要介紹的七泉村公寓，就是一個花園住宅區。講性質正好相當於北平以前的會館或大雜院。天南地北的人，以種種目的到首都，租不起一所房，旅館又太貴，住幾月也許住幾年，和陌生的人雜住一院，或同鄉舉人秀才合住會館，比旅館便宜而較安靜，所以稱爲公寓。美國大都市郊區，到處出現公寓，大小形式不同，成爲現代人住居的重要方式之一，現在所談的七泉村公寓，在華盛頓東北郊，一般小家庭的住房，包括三間臥室、一客廳附上廚房廁所沐浴室，總面積約有三十坪，月租在三百美元上下，這在美國算是中等住房最有代表性的。說明一所，就可以知道千千萬萬的公寓經營，和無數人的公寓生活樣式了。

七泉村佔地一千英畝，當年原是普通耕作地。不遠地方有湧水不多的七個泉眼，滙成一道小河，灌注成一個池塘。建村的時候，把池塘中間修成一個正圓的大游泳池，圍着游泳池，修成一個橢圓形湖。上流河水藏在地下陰溝裏，下流以清溪姿態出現，平常是細流，遇到雨天就成爲滿渠活水，五座紅板橋跨在河上，河岸垂柳與草地，相映生趣。

七泉村區域沒有工廠的空氣汚染，有充分的鄉村幽靜，車聲市聲都聽不見。首都公路局的候車亭設在村中心，一小時半可以坐到華埠波多麥可公園內政部前終站下車。華府中心市區大部分通過。如果坐自用汽車，兩分鐘可以到農業中心栗子山市場，米爾小學，四分鐘可以到馬利蘭大學，海軍兵工廠，二十分鐘可以到華埠商業中心區，二十五分鐘可以到巴梯摩爾工業城。各幢樓房前後左右都配有廣大停車場，所有住客都有在住房前下車之便，來訪的客人，同行的遊伴，也沒有停車無地，按時收費的痲煩。

正圓的大游泳池夏天可以游泳，冬天可以滑冰。池底池壁用淡藍和純白色瓷磚砌成。池裏水永遠比藍天鮮明，比白雲淸倩。環池擺着鋼架藍白塑膠帶錯綜編成的躺椅，曬太陽或是游泳仰面看藍天白雲，十分寫意。湖岸圍繞一圈萬縷千條的垂柳，間以櫻花、楓樹、槐楊、杜鵑、紫薇、木堇、木蓼一類灌木，錯落長在斜坡上。早晚沒有游泳客的時候，靜藍的池水，映出靑天明月，白雲星斗，從樓上看，從任何角度看另有一種幽閒意致。湖邊有幾個烤肉架，垂柳婆娑下有桌椅，引路是白石子舖成。如果在絲櫻嬌豔，野蘋果盛開，或楓紅菊黃的季節，走出屋門看天藍水明，紅花綠樹，就是野餐的好處所。

全社區的管理事務所，在圓湖北頭，三面環水，是設計很別致的白色兩層樓房。蒸氣浴室、聚會室、閱覽室、跳舞廳、音樂廳、咖啡廳、吃烟廳都有，可以作爲住客們連繫交歡的中心。辦事人員收費放租退租之外，全村房屋的修繕，電力、水道、下水道瓦斯的整理，花木草地的保養修剪，道路空地的打掃除雪掃葉，路燈、路標的修補，垃圾廢物的清除，都有經常負責人員。住客偶然丟掉鑰匙，也有值班配補的地方，不必大驚小怪。火警一類意外，更是防範警戒得周密。

樓房建築高矮大小不等，十二層、十層、五層、三層的都有。錯落分離，使各樓四周有充分的草地車場，無擁擠人滿的感觸。汽車路上，多有慢行欄隔，使任何愛開快車的人也無法快走，原則上車讓人，步行騎單車的兒童就安全多了。愛幽靜的可選擇頂層樓，喜平地的自然可以住樓下。有穴居興味的可以住半地下室半明窗的房子，價錢便宜一些，據說冬暖夏涼，另有風味呢。

各樓附近都有沙盤、滑梯、鞦韆、猢猻架一類兒童遊戲場，附設着看護人的坐凳，成爲主婦談天交換智慧經驗，聯誼輕鬆的場所。成人的運動場有網球、排球、籃球、足球、羽毛球和田賽場，跑道隨處有。游泳池成人兒童分用的都有，到高爾夫球場要三分鐘汽車路。陰雨大雪的日子，作工夫、打太極拳、練柔軟體操的人們，則可以利用社區事務所的寬大廊棚。在賞雨賞雪，無風有景的環境，完成自己的例行運動。

事務所東北鄰有專設的托兒所，收三歲以上，五歲以下（幼稚園以下）的兒童。最長時間的上午九時至下午四時，共七小時，每月收費一二七元五角。其次上午九至十二時共三小時，每月收費七十三元五角，每週均以五日計。此外有早班七至九時，晚班四至六時，收費每月九元五角。對於夫婦共同上班的家庭，有不少方便。游泳池附設有半月形兒童玩水池。夏天上午供托兒所兒童使用，常有四十人上下在池中，下午則歸一般兒童在家長監護下使用。

喜歡熱門搖滾音樂，引吭高歌狂喊大叫的人士，也有他們特定的處所，樂器齊全，同好的人自樂其樂，攪擾不到一般人的耳鼓。

房屋附帶的設備是全面地毯，白色活動百葉窗，窗簾就不需要了。冷暖氣家家有單用調節器，隨意撥動。冬夏可以維持標準溫度，也不致有冬天太熱，夏天太涼的難適應感覺。廚房燒飯的瓦斯有四個火頭，加上插條的電門，就有五六處火頭可以同時用了。電燈泡子壞了要自己換，可是很少壞。供電二十四小時不斷。據老住戶說，長時間停電，兩三年內還沒遇到過。遇雷擊、工程、臨時暫停是有的。洗澡間冷熱水全日具備，熱水管溫度最冷天也足夠暖。瓦斯、電力、冷熱水、冷暖氣全部包括在房租內。廚房內的設備有冷凍冰箱、烤箱、洗碗機，均不另收費。損害故障修繕也由房主負責。床舖桌椅一類家具是要自備的，定有分期付款購置辦法。只要租房人有固定職業收入，經審查認爲合住戶條件，這些家具也可以先用再陸續付款，逐漸購爲己有。

事務所對面有一所雜貨店、一所美容院、一所乾洗店。七泉村離大百貨店太近了，雜貨店可作的買賣不多。各種飲料、罐頭、糕點、水菓零用品卻是應有儘有。每天當地報紙，流行兒童玩具讀物也出售。這一塊統名爲七泉茂，也稱爲泉景車站。原希望發展成爲一個小市場，看來前途不大。

圍繞全村有三尺高的鐵絲籬笆，爬滿金銀花、爬山虎一類蔓生植物，爲了安全，也是一種景觀。東面有面籬笆外還保留了參天茂密的自然林，籬笆內外也偶有橡樹、大榆保留，遮天蔽日，傲視新樓，增加古風野趣。

在美國這種工商業爲主的社會，住居流動性很大。父子孫曾職業不變，株守鄉土的家庭不多。房屋稅很重，空房不住，成爲大負擔，大房維持要人力要財力，顧虛名就受實害。一般人的想法是走一步說一步。住家像白宮官邸，隨時易主，心安爲福，到處是家，公寓和私有住宅，也就無甚區別了。以同階層的私人住宅區和公寓對比，住宅有養貓狗的自由，卻沒有不聽貓叫犬吠的保障，門前窗外的大糞、貓溺，也使你蹙額掩鼻而無可如何。公寓不許可養貓狗，討厭貓狗的大多數人就得救了。很多中小都市，冬天大街上的雪有人淸除（或只是推到路邊），人行道的雪則沒人過問，在最冷的嚴冬，雪封經月，寸步難行。公寓的人行道，和學校機關一樣，負責有人，封路跌跤的苦痛就減少了。

沒經驗的華僑，常常廉價買舊房，房高院大，喬木噴泉，氣魄動人，住進去心曠神怡。住不多久會發現下水道壞了，電線該換了，房頂要翻了，樓下積了水，廁所不通，電錶不靈，冰箱損壞，烤箱失效，隆冬盛夏壞了暖氣冷氣。工人旣難找，價錢又亂開，一修再修，吃盡苦頭，弄亂了家庭預算，當初以爲萬金置產，一勞永逸，其結果是無底陷坑，吃盡心血，出賣則有行無市，久住則漏厄難滿。比起苟安侷促於公寓，反覺費心費事，得不償失了。

華埠是世界人種展覽會。七泉村政治區劃上屬於馬利蘭州學院，事實上是首都的一部分。住戶大多數是到首都上班的。白人黑人棕人黃人紅人……都有。在兒童遊戲場，在托兒所，在游泳池，到處看見不同膚色，不同髮型，不同眼睛的兒童，玩在一起，相忘於無形。住在這裏的兒童，沒有怯生的，遇到生張熟李，奇裝異服的男女老幼，都會主動打招呼。不會說話的嬰兒，坐在父母手推車上，也會報所有遇到的人以微笑，把一切奇形怪狀的撫摸圍觀者，給以無言的同類意識。這種高貴的心靈教育，要算公寓生活的最大收穫了。

有些小城市，收垃圾的車，隔幾天或一星期才來一次。無論垃圾存在那裏，全無氣味是不可能的。七泉村的垃圾車天天來，一家家垃圾裝了膠袋，再包以厚紙，準時運去垃圾氣味就沒有了。

樓居的人想聞到泥土氣息，自栽花卉，就利用陽臺，培植盆栽，自己近看，他人可以遠看，各家自出心裁，互相競爭。有些樓從上到下，陽臺構成了十丈層叠的錦繡花架。十二家各管一段，眞是絢爛靈巧的合作了。

村中的花木，照顧到四季景觀。矮柏赤松自然都是配合多雪的，看不見山茶梅花是缺點。蔭涼樹楓樗、黃楊最多，到秋天成爲燕霞彩屏，以妖豔抹去一切衰颯氣氛。夏天的花有紫薇、木蓼、木堇。春天則是野蘋果洋海棠櫻花丁香紫荊杜鵑爛縵競麗世界，大量迎春領頭，少數楊花殿後。有湖水缺荷花睡蓮，有黃花槐樹，看不見馬櫻紅絨。垂柳本來是配夭桃的，這裏找來了日本絲櫻和他比嬌賽柔，也算是另有匠心了。參天拔地的橡樹和銀杏少了幾棵，沒有中國的芍藥、牡丹、翠竹、石榴，那是美中不足了。

一九七七年八月七日於華埠

（六十六年九月五日紐約世界日報）

蒙西的春天

蒙西，在美國印地安那州，當支加哥西南二百英里，東望華盛頓。略近北緯四十度，在地球儀上和紐約、費城、匹斯堡、天津、北平在一條線上。哥崙比亞大學教授連特夫婦作過一本「中型都市」，就是以蒙西爲研究記述對象。這個七萬多人口的都市，在位置上工農產業上教育上，都具有代表性質。印第安那州人士，比較保守，市政上，財政上，社會生活上，保留了美國傳統的許多優點。這種類型的地方，成爲美國安定中心力量，所以談蒙西，也就等於談美國大部分地區了。

美國人說春天，從三月二十一日起，到六月二十二日止。蒙西緯度既然和北平相近，節令也就相似。只是夏天熱度和多天冷度都趕不上北平水準，使人感到不夠勁兒。一年免霜期只有一百二十多天，大體近乎塞外歸綏。農作物以玉蜀黍大豆爲主，普通每年只能一作。蓮花在這裏就開不了花。中國所謂二十四番花信風，從小寒到穀雨，共分八節二十四候，按開放次序排列着二十四種花，從梅花山茶起，到荼蘼楝花止。這是根據長江流域的氣候作說明，看源出荆楚歲時記就是明證。在蒙西要普遍推後兩節，就是一個月，應當春分開的海棠梨花，要到穀雨才開，應當穀雨開的牡丹荼蘼，要拖到小滿左右了。蒙西沒有北平東京那樣强烈的摧花風，濛濛細雨的養花天多，乍暖還寒的九十春光，一步一步挨。東京的櫻花節最多不過一週，遇到風，三天就狼藉滿地。蒙西的野蘋果、絲櫻，都能萌動含苞，乍陰乍陽，嬌豔撩人到半月以上。花看的時間長，養花人的興味也就特別濃厚，家家有花，處處有果，是數量多，高矮的配合，品種顏色的選擇，各有匠心，爭奇鬬盛。蒙西有八個公園，但是賞花不必到公園，學校住家，路旁閑地，前後左右，遠近高低，只要是視線所到的，五光十色，霎霴氲氤，到處是春花爛縵的景界了。

三月初，鴻雁結隊北來，嘹亮的鳴聲，送來最早的春意。聰明的苗圃老闆，開始各家分寄廉價出售的種苗廣告。蔬菜種、果樹苗、點綴庭院的灌木、蔓生植物、草皮、大小盆栽、遮涼的天南地北的喬木名品，名目繁多，圖畫美麗，說明動人。分類分組，管郵管送，保栽保活，一看就引起美化庭園的興味。各種肥料用具，栽培說明書，也多附帶出售，紅衣主教（Cardinul鳥名）振羽在電視天線頂上，高叫「聖水兒，水水兒！」藍樫畫眉，枝頭亂飛的時候，栽種工作，大體完成。柳條發青，楓樹出芽，草地轉綠，紫荆，洋海棠，桃李杏梨，新裝競豔，已是四月中旬，迎春和紫玉蘭，落英繽紛，使命完成，靜洗鉛華，鞠躬下臺了。

配合新綠的草坪，和繚繞的花雲花山花傘花屏爭風引人的是鬱金香、水仙、風信子等草花。顏色多，鮮豔肥大，遠看是花毯，走近了清香襲人。花樹像亭亭自賞，花畦則誘人褻玩。比樹矮，比草花高的是玫瑰薔薇丁香杜鵑牡丹芍藥一類，或含苞萌動，或新芽怒茁。太陽越來越有力，風姨睡了覺，天長了，人容易早起，看得仔細，聞得出神，花也要修練出眞香眞色，經得起摩挲玩味。後起的刺槐苦楝之類，沒法子和前輩比香比豔，只有學榆錢柳絮的本領，以多爲勝，亂拋苦香，來爭取存在。好在「橡桍影斜春社散，家家扶得醉人歸」，熏風撲面，斜陽炙人，已過賞春時節了。

美國人最喜歡栽野蘋果，我把它叫作洋海棠，因爲實在是同類的東西，在國人容易造成印象。蒙西幾乎家家有，紅花紅葉的，粉紅花白花綠葉及單瓣雙瓣的都有。花品介乎海棠榆葉梅之間，沒有海棠的香而韻，可是花朶稠，棵棵旺盛，雲霞燦爛，如人工造的大花傘，和草地松柏陪襯起來，更是突出。秋天結成滿樹紅球經久不落。「荊樹有花兄弟樂」，是我國流行對聯，但在北方紫荊不甚受愛重，它開花在長葉之前，單調又少香氣。美國人用它來配草地迎春野海棠，紅黃紫綠，相映生姿，所以十家會有兩三家有。紫玉蘭在普林斯敦大學多而醉人，威爾遜紀念館配以噴泉，稱爲玉蘭勝地。華盛頓的櫻花街成爲勝景之一。蒙西偶見絲櫻（軟枝下垂的櫻花），山櫻八重櫻還沒發現。橡樹軀幹高大，枝繁葉密，壽命長，美國人看作鎭家的樹，幾乎每家都有一兩棵。它的葉子多天黃枯不落，到了四月中旬百花爭妍的時候，它才落葉萌動，好像說，新舊一定銜接，越沉住氣，越是大器。橡樹萌芽，正如日本人說銀杏（白果樹，亦名公孫樹）睜眼，才是春天眞正來了。

夾榆因爲木質好，用處多，在我國也受重視。榆林榆樹等縣，都是因榆得名。中國榆在美國也吃香。普林斯敦芝加哥都有榆樹街。榆樹是容易生蟲的，他們除蟲工作很好，榆葉大而厚，許多大學用作路蔭樹，榆錢卻變得輕而薄，爲數無多，沒有風吹成浪，沙沙作響的氣勢。垂柳偶然有，挺枝的柳樹，難得看見，柳絮也不知那裏去了。美國人講節育，難道說樹也受影響嗎？

白樺、白楊、桍、樅、菩提等樹都常見。有德國槐，尋不見中國槐。李子梨樹不少，日本胡桃，俄國橄欖流行。柿子栗子偶然有。走了五六州，還沒發現棗樹，苗圃廣告裏也沒有。有楓樹汁蜜，尋不見棗花蜜。日本牡丹，苗圃現在稱爲珍品。玫瑰、鬱金香、水仙、風信子，都集世界優良罕見品種之大成。他們把黑玫瑰大登廣告，正像我國過去有人歌詠黑牡丹。

說到花，我們就想起北平稷園的牡丹，極樂寺的杏花，無錫梅園的香雪海，杭州西湖的荷花，蘇堤的桃花。歷史上有河陽一縣桃花，成都處處芙蓉的故事，這都有地域時間限制。「春城無樹不飛花」「十里長堤綠映紅」，「紅白花開烟雨中」，借唐人的詩，來描繪這裏的春天，倒是十分逼眞。

春天可寶貴的是風和日麗，使人身輕意恬。可是美國人已普遍實現了冬夏室內華氏七十二度，氣候的變化，關心自然減少。也許是花太多了，有不少人患了花粉過敏症，噴嚏打個不停，

「惜花春起早」，「弄花香滿衣」的興趣，也不能不打折扣。臺灣是四季如春，無一日不花開的國度。冬天的山茶，秋天的芙蓉，夏天的曇花，更是珍品。歸總算來，春天開的花，還是占最大多數。我所住的素心園，該已過了桃李迎風，杜鵑展笑的季節吧！蘇東坡的詩說：「花開後院還空落，年年事事與心違」。寫着蒙西的春天，想着流連荒亡，有幾多類型，而我是去父母之邦，業已兩年了。

（六十五年七月二日紐約世界日報）

美國人的吃飯

一、現代化的農業

我國古代有力的政治思想是重本抑末。以爲農業生產糧食是太平的根本，工業引導人走向奇技淫巧，商業教人投機取巧，不勞而獲，是應該壓抑的。這種基本思想和政策，使全國最大多數人業農，也阻礙了工商業的發達。重農的理想是實現「三年耕有一年之蓄」，就是期望三年豐收，可以剩餘出一年的糧食，以準備饑荒。現代美國人業農的不到全體國民的十分之一，糧食卻總有剩餘，年年大量外銷。據說如不控制生產，一年可以收穫三年用的糧食，公私倉庫無法容納。分析原因，有以下幾種：㈠機械耕種，少數人可以種大量田地。美國平原多，耕地總面積約當中國四倍。㈡新開墾土地，蘊蓄肥料豐富，加以化學肥料應用，產量較多。㈢水利興修，水旱災影響減少。㈣病蟲害防治，使農作物產量增加。㈤多年選種育種工作，使農民能利用最優良品種。

回想昔年中國，華北的楡樹棗樹，幾乎沒有一棵沒有蟲害，美國的楡樹蘋果樹難發現一棵有嚴重蟲害。內蒙古的牧區，十棵草可能有五棵是牛羊不吃的。美國的牧場不會長無用的雜草。美國的庭園草地都要施肥，參天拔地的風景樹，用管子打下地數尺施液體肥料。爲了除草地中蒲公英一類雜草，有一種特製藥品，撒上蒲公英就自然死掉。各種科學的力量，使人類控制了大自然，周期的饑荒減少。區域水旱霜雹雖然難免，就廣大的全國收穫統計看，總差不多，冷藏罐頭一類加工，使水果蔬菜的市場供應，也全年充足，價格的季節波動不致太劇烈。

二、營養食品分配

我國談吃飯，常有主食副食的分別。南人食米，北人食麥，均指主食。細分起來，過去內蒙古喇嘛的主食是牛羊肉牛奶，一般人民的主食的是小米馬鈴薯。河北山東等地主食是雜糧，江浙等地是大米。軍隊學校工場伙食能維持大米白麵的主食，已經是很高水準了。副食費普通指菜錢。生活越豪華，副食佔的成分越重。最好的酒席常常沒有麵飯，因爲菜已吃夠了。太行山的牧羊人，所帶的食品只有小米和鹽，鹽是他們唯一的副食。饑荒的中國農民吃糠嚥菜，菜指北瓜蕪菁乃至野菜，主食缺乏，主副食就難分了。饑者易爲食，有了大米白麵作主食，在中國人已經夠了。

美國人食品豐富，就講究營養配合。一般美國人每餐食品包括以下各種：㈠青菜水果，㈡肉類，㈢糧食，㈣甜點心，㈤飲料。用普林斯敦大學教職員餐廳的午飯作例，三元七角一份的飯，你可以自選各種涼拌青菜，水果有蘋果香蕉西瓜梨，肉有牛雞魚豬，澱粉有麵包米飯，甜點心有各種糕點。飲料有牛肉湯雞湯菜湯牛奶咖啡茶。種類是任意選擇的，分量是自由的，一次不夠，再取一次。一般飯館自助餐廳，常是計件論值，由個人自行配合。宴會，家庭食單也常是五項具備。人人有營養衞生的常識，偏食所愛，厭食必不可少營養物的毛病，就少見。從美國人看起來：「大米白麵，成年不斷」，如沒有其他食品配合，只能算有五分之一的食品而已。

三、國宴與官席

美國人注意每天吃得衞生營養，卻不肯在宴會婚喪禮儀宗教儀節上過度化費。過去我國人天天勒緊腰帶，省吃儉用，遇到過年過節，拜拜，婚喪生日滿月常常大擺宴席，裝面子，誇闊綽，以盡興享受，醉飽致病，相歡相尙。官紳的酬酢，凡有公脹可報的，更是極盡奢華，流於浪費鋪張。齊如山先生在「媛珊食譜」前作中國筵席的規矩，記菜品說：「西洋有三樣菜便足，中國菜至少須二十樣。」他記中國講究的官席有四道點心，四鮮果，四乾果，四蜜餞，四冷菜，這是在入座前擺好的。入座以後有兩大盤炒菜，四海碗主菜，四小碗燴菜，最後還有六大碗飲菜。客人實際所吃，不到一半。大部歸於浪費。不如此鋪派，則以爲不成敬意。家宴比官席，自然多有減損，比之西人，仍然奢侈的多。

一九七六年七月七日晚，美總統福特，在白宮以國宴招待來賀美國建國二百年的英國女王伊利薩伯二世一行，這是美國歷史性的大宴會，要開二百二十席，主客超過二千人，報紙登出食單，電視記者報出白宮廚師訪問錄影，主菜只有兩道，一是龍蝦，一是烤小牛肉，廚師說明作法，使中等家庭可以照樣烹調。中國諺語說：「人多沒好飯」，難道說美總統存心以壞飯招待英王和這樣多的客人？他們所要表現的是美國官民一體，成千上萬的成年不斷的白宮客人待遇相近，白宮的伙食，省時省事而省錢，英王吃時高興，吃後健康安全，有助於一切繁劇的外交活動。一九四六年三月三日，美國國務卿馬歇爾，爲調解中國時局到太原，事後流露，主要談話五分鐘，吃飯三小時，是最爽快的談話，最苦悶的吃飯。中國可以酒肉交朋友，在美國不甚與這一套。長時間的宴會，反而使人叫苦了。

四、食譜比較

中國過去有吃的藝術，缺乏吃的科學。名廚師獨得之秘，是保密的不輕於傳人的。寫食譜的人，空談色香味，是飯桌上的談資，不是廚房中人的手冊。因爲無用，所以不傳。清人修四庫全書，收了歷代三千四百七十種書，就沒有一部食譜。在存目記有名字的食譜，元明以來有七部書，共總才十七卷，內容分量，均屬貧乏可憐。隋朝所傳，諸葛潁所編淮南王食經一百六十五卷是惟一大書，失傳了。相傳五代孟蜀編有食典一百卷，也失傳了。唐朝印度籍和尚竺膃編有食經四卷，可能涉及印度吃法的東傳，也失傳了。連明末飲食大家張岱所提到的饔史、老饕集，也查不出下落。

一九六九年臺北出版的全國圖書總目錄，食譜居然收了七十五種書，都是受了外國影響以後的書，也沒有四百頁以上的書。美國家庭用食譜，動輒千數百頁，圖表具備，具體可用。生活雜誌所編食譜有十七册，時代報所編食譜超過二十册，比之我國，實用性不同，規模詳略，也相去懸殊了。梁實秋先生序媛珊食譜，記北平老便宜坊的烤鴨，主要在鴨子塡喂的肥，所以香膩引人。在維持標準體重，避免動脈硬化的美國飲食家，看到這種廣告，一定避免問津，不必說起而做效了。中國食譜講好吃，吃得新奇痛快，美國食譜重在吃了有好處，沒有後患，這是一個大不相同。相當於中國「八珍」一類的吃法，美國就沒有。他們進補是每天每頓飯的事，沒有季節性的突出菜單。

五、廚　房

一般家庭的廚房都現代化機械化了。火力用電氣或瓦斯，起火熄滅容易，強弱大小隨意，火頭有五六個，蒸煮燒炸並進，一面凍着小吃，一面烤着全雞。市場的菜肉雞魚是洗淨切好的，大塊碎末，長短肥瘦，隨意選擇。現成品如三明治、熱狗、意大利餅、世界各種灌腸、醃肉，半成品如 DOUGH 麵圈，味道是配好的，形式蒸炸烤隨意。主婦可以極短時間作出五花八門的菜。兒童可以在遊戲中作甜點心，爆玉米花打果汁，只要知道機器用法，看懂食譜解說，小學高年級的兒童，已經可以立在廚房，作大人一半工作了。冰箱烤箱洗碗機等，幾乎是每家都有的。看了機器切，烘乾加味，薄如蟬翼的番薯片，會感到矜誇廚師刀口的時代，業已過去了。有了一部烤箱會運用，點心大師傅的高技，也不傳自通了。

在這種廚房，會體認知難行易的眞理，發明創造的造福人羣。美國人喜歡燒烤野宴 BAR-BECNE，一般風景遊覽區常有烤肉的鐵架爐，帶上炭球起火油，旅行所至，一點就烤起肉來。廚房設備的進步，使烹飪分工化，人人有分，所費整個時間旣減少，工作分擔，主婦負擔減輕，職業婦女，不需幫工，也無妨家庭伙食了，中午假期隨時吃自助餐廳，口味變化，生活機趣，也可以增加。

在美國，吃飯的和作餐的，不是兩種人。營養化學食物科學的教授研究者，和各廚師各食品店技師地位生活是並不懸殊的。君子不遠庖廚，在飲食上有貢獻的人，常可以名利雙收。全世界各地各種人的烹調術都有人介紹研究。生活雜誌社所編十七册食譜裏，就有一册專講中國菜。楊步偉徐櫻女士等所編的英文中國食譜，也有相當市場。使全體國民有的吃是第一步，吃得豐富衞生是第二步。這種知識技術，求之於古書，不如求之於現代，我們不妨輸出精進的廚師，卻應該輸入有關吃飯的科學和技術。「三世為宦，懂得穿衣吃飯。」有這種諺語，正表示我們在吃飯問題上有很多偏差認識呢！

一九七七年五月二十七日於美國蒙西

（六十六年七月九日國語日報）

蘋果在美國

美國把寶愛的人，稱爲「眼中蘋果」。諺語說：「每天吃個蘋果，見了醫生躲躲。」蘋果的聲價既然這樣高，選種、栽培、推廣，也就十分注意。打開美國地圖看，不產蘋果的地方很少。西部加州南方佛羅里達州是有名果園不必說，中部、東部、北部也是到處有蘋果園。一般的住宅，周圍常有廣大草地，房角籬前，栽幾棵蘋果，看花吃果，也就很方便了。苗圃經營者，千方百計，引動人栽蘋果的興味，祖傳的名品，海外的新種，多方接枝育成，名目繁多，結果快，成長容易，脆甜香，皮薄肉厚汁多，保存方便。甚至於說，一棵樹幹，接枝五種，把天南地北的名品，湊在一起，色香味各有不同。成熟時期也錯落分開，有此一樹，長時間觀賞享受不盡，而且把樹苗用郵包寄到，保證活，死了管換，一株樹苗也只花美金十二元，說明上繁花在枝，美果在筐，空口無憑，有圖爲證。您看，這樣廣告，誰看了不想試栽幾棵呢！

蒙西是印第安那州一個中型都市。很像海棠的野蘋果，幾乎出現在家家庭院。瓣有單雙，紅有深淺，絳雪彩雲，隨人聯想。遇到春陰漠漠，細雨霏霏，更顯出煙繞霧擁，神仙標格。秋天結成山裏紅大小的果實，肉薄味酸，沒有人採作食品。作爲觀賞樹，仍不失爲上品。蘋果樹也偶而在庭院出現，纍纍滿枝的果實，隨風墮落在草地上，有些主人連撿拾的興趣也沒有。綠荆街附近的浸信會，把一大塊空地，栽滿了蘋果，十多年來，成長很好。十多棵樹，結五六種果，色香味都不錯，可見當年選擇經營，費過不少匠心。今秋看見成熟以後，遍地滾落，密密層層，把碧草如茵遮蓋起來，從霜降到小雪，樹上越來越少，地上越堆越厚，只有過路兒童，閒拾戲扔，放風嬌狗，叨來叨去。除了懶鴉野兔偶而嘗嘗滋味以外，始終沒人過問。想像當年教會有計畫栽培，也許預備在秋高氣爽的禮拜天收穫，分享敎友，使大家心口同甜，淸香共味。現在蘋果太多太賤了，已經不成爲送人的禮物。作禮拜的人少，收拾洗滌包裝的人難求，因而聖靈和蘋果也就因緣疏遠了。

成堆成垛的蘋果，已經夠好看。把成山上萬的蘋果，一個個勻整對稱地掛在一行行樹上，黃的澄黃，紅的紫紅，青黃相半的，淡紅帶白的，形形色色，配上綠葉赭枝，深淺不同，襯上青天白雲，秋陽掩映，眞是五光十色，撩人入勝。有名的農莊，常在紅葉黃花，蘋果大熟季節，登報招待遊客。園裏有預備好的筐子，男女老少的客人，可以到樹下自由選摘，生熟大小，隨心所欲，爬高搜低，盡己所能，摘滿一筐，作價一元。算起來也許一顆只合一分錢上下，便宜極了。

這時蘋果熟透了，新鮮甜而香。開車出動的家庭，郊遊野餐採購，一舉完成幾種目的。滿載而歸的蘋果，無論放在那裏，都有香氣氤氳，引動食慾。保存得法，兩三個月可以脆甜不變。作成蘋果醬蘋果餅，形體雖變，精華如舊，在蜂蜜麥芽糖甘蔗糖種種甜素之外，另有一種清爽醇厚，酸甜交融，沒有刺激，越吃越愛，經久不厭的滋味。

我國古人所謂素柰、紫柰，酒泉赤柰，本草綱目所記金紅水蜜黑種種林檎，北平人所謂沙菓檳子拉車，實在都是蘋果的一種，因色味方言而命名不同。梨能治病，桃使人壽考，所以栽培研究歌頌的人特別多。頻婆（蘋果別名）林檎素柰缺乏神秘傳說，注意的人少，在水果裏一向不占重要地位。沙果海棠果在華北向來只能哄哄兒童，不登大雅之堂了。煙臺青島東北的蘋果，有相當產量，那是近年受了日本人的影響，連品種也像由扶桑傳入。臺灣原來沒有本地土產的蘋果，橫斷公路開闢以後，高山地區才有人試行栽種，土壤氣候肥料受了種種限制，品種一時也未必能找到最適當的，產品不能和上等舶來品比美，是當然的了。

美國人在西元一八六八年（清同治七年）就由農業部向清朝政府建議，希望以交換方式，從中國取得種子，植物學和有關栽培植物水果和蔬菜的歷史，分配和方法等書籍。一八六九年清朝政府也回答過這種申請。近一百多年來，美國對中國的研討，無微不至，中國種的蘋果，曾否在美國的蘋果栽培史上，發生過影響，就不是我所知道了。

園藝上的迎頭趕上，比較最為容易。把人家多年選種育種的成就，買來運用在自己的田地上，像中國這樣和美國同緯度的大國，使全國人有蘋果吃決不是件難事。我從小生長在經營園林的家庭，雖然不曾學農，卻有興味種樹，也學會了接枝一類技術。早年在故鄉所栽，每回去一次，看見它們欣欣向榮，就有無限樂趣。臺中大度山十六年生活，三度搬家，我手栽的庭院樹，總在二百棵以上。前年去國的春天，還作了一次小小庭園投資。現在萬里他鄉，看不見前後我所栽種的一切果樹，依然興致勃勃地陪女兒要選栽當地本已過剩的蘋果，眞感到一種蒼茫惆悵的難名感慨。夢裏出現，我已把肥城桃移到這裏，把美國蘋果移到了我想栽的地方。醒來意識到自己只會重複「地盡其利，人盡其才，物盡其用」一類空話，慚愧以外，也就沒什麼好說了。

（一九七六年元月二十六日於美國蒙西會刊臺北今日經濟月刊）

中美的農業植物交流

中美兩國所同的是領土廣大，都在北半球，緯度相近的地方多，氣候雨量濕度晴雨冷熱，互相類似的地區也不少。中國的農民曆幾乎在美國許多地方能適用。因而兩國間農作物林木花卉蔬菜瓜果，容易交換移植，可以增加種類產量，應用價值，觀賞趣味的異常之多，前人也早經注意到。一八六八年（清同治七年）九月，美國新任駐華公使勞文羅（J.R. Browne）和農業部特派員薄士敦（C. Poston）到北京，遞國書以後，就提出交換圖書和農業種仔的請求。薄專員在是年九月四日進謁恭親王，親自呈送帶來的圖書和各種種子，並希望中國以同等物品交換。次年四月廿七日（即一八六九年六月九日）清廷回禮，選送了十種重要書，關於農書包括了明徐光啓的農政全書，和李時珍的本草綱目，附了花子五十種，穀子十七種，豆子十五種，菜子二十四種。這些種子在美國試種結果如何，有那些是美國所無，我苦於無所知。美國所送種子，在中國發生的影響，也少見記載。通過了兩個政府，正式交換品種，當然會試種栽培，曾否選擇最適當的土壤氣候，以及栽培的季節方法是否適宜，當時因雙方通文的人少，雖有本草綱目農政全書，未必能發生作用。正如同時也送了一部針灸大成，美國人注意針灸，是最近幾年的事，最可注意的是這次植物種子交換，不包括木本藤本，菜子裏包括有瓜，無果，美國到現在缺少棗柿子香椿，也許原於此。花子五十種以草本爲主，牡丹桂花山茶梅蘭都不在內，因而美國到現在也缺少了這些花木。

美國的農業家隨古博士（Dr. W. T. Swingle 1871-1952）供職堪薩斯農事實驗場，曾旅行中國日本菲利賓，專事蒐集各地農作物優良品種，中國的桐油樹柑橘荔枝大豆棉花等，都由他移植到美國。北宋仁宗時蔡襄作的荔枝譜一書，也由他提倡翻成英文。哈格泰（Micjael J. Hagerty）受了他的影響，專力於翻譯農業書。一九三二年他在通報（荷蘭萊頓所出版專研究中國學術的刊物）上所發表的論文，引起不少外國人的注意。

在瓜果蔬菜的質量對比上，兩國可以互相採長補缺的地方更多。三年來我走過美國七八州。都市鄉村的市場所觀察，餐館厨房所嘗味，農產品展覽會所見聞，苗圃菜種年年所出的五光十色廣告，食譜菜單報紙廣告所啓示，蘋果草莓芹菜，蕃茄，美國有許多好的品種爲中國所無。產量更遠過於中國。蕃薯白菜、藕葱美國就遠不如中國了。中國有些特殊優越的水菓，如山東萊陽梨、河北曲陽定縣梨、宣化葡萄、哈密甜瓜、山東肥城桃、濟南石榴、四川蜜柑、臺灣荔枝香蕉、良鄉栗子等，在美國市場上就難以發現找到了。北方大量出產的棗柿子香椿，美國極少見。香椿拌豆腐，棗花蜜、藕粉，在中國是平民享受，在美國也許是高價難求了。

從同治七年到現在，過了一百零八年，爲什麼這樣難以交流呢？1過去中國的植物病蟲害流行，使美國的農業家警惕，惟恐因小失大。2中國的園藝農民珍惜優良品種，保密栽培技術，不輕易傳授外人。3各種優良品種移植，適當的氣候土壤，缺乏精密調查研究，成功把握不易。臺灣橫貫公路的高山農場近年移植過種種美國日本蘋果，雖有產品，色香味都和舶來品相去甚遠。如果通過兩國大規模的農業實驗機構，以充分善意的合作互助，把選定試種成功的品種，配上正確明白的栽培說明，保障病蟲害的有效防止，會對於兩國的民生國計，大有裨益。「既以爲人已愈有，旣以與人已愈多」，這比工業上的合作容易，因爲沒有相爭相尅的後果，爲德不卒，撒手看笑話的事，也就不致發生。世界上的農業合作，是追求人類永久和平親善有效方法之一。

美國是愛美的民族，全國像一大花園，各州有州花，花商公會曾發起選國花。國容市容村容的構成，觀賞植物佔主要成分。美國多年來蒐求全世界奇花異木，點綴景物。但是遺落最多的怕是中國的花木。牡丹從唐以來中國稱爲花王，現在洛陽牡丹園，還是世界的大觀，花色品種到二百種以上，四五月盛開季節，眞是萬紫千紅，雍容華貴，香風醉人，百媚競艷，在美國就很少見牡丹了。印第安那州以芍藥爲州花，芍藥在中國稱花相。牡丹是木本，多年生，可以高到三四尺，芍藥是草本，盛開時多躺在地上，開的晚，香氣變化，都不如牡丹。近來美國有苗圃輸入日本牡丹，稱爲珍品，要眞找好牡丹，還是求之於洛陽牡丹甲天下吧！華盛頓櫻花很有名，那是因爲民國初年日本人一批送了三千株，大部栽在傑佛遜舘迎潮潭附近，湖光花雲，英傑的高風，配合在一起，所以引人入勝。櫻花開花晚，短命無香氣，來美雖然繁衍不少，到現在還沒有一州用作州花。花商總會提出國花的候選名單，去年列了二十八種花，櫻花雖然聳動華府，卻不在最末提名之內，可見一般人的觀感了。華府的櫻花很多要老死了，補栽也不好好長，一種樹需要求一種養料，輪種自有道理。去過杭州的人會發現波陀麥河濱公園以及多少池沼旁岡巒前，如有梅花點綴，暗香浮動，雪月交輝，華埠會另有一種情調。枯櫻欲死的地方，試試栽梅花，賞花期可以延長，首都春也就提早了。

華府的夏天是一派濃綠，僅有紫薇，美人蕉的深紅，略增景色。紫薇是灌木，配不上參天榆橡。如果移來北京長安街上的馬櫻花（絨花樹），綠傘撐天，紅幕罩地，茂爾道上就更可以入畫賦詩了。華府的楓多？銀杏多橡樹多，秋天的紅黃競爽，藍天白雲，是最美麗的一季。比雛菊高，比喬木矮，中等身材的紅葉，使我們想起北京西山濟南龍洞的黃櫨木乃至柿子。這種紅葉楕圓肥大，和楓是另一風格。如果加入美國的秋季紅葉陣容，也會錦上添花，相得益彰。

中國人在農業的選種換種上，歷來非常注意。跟隨漢代的西域交通，葡萄石榴香瓜苜蓿等都散佈在全國。王船山把輸入早熟稻種，算作宋代經濟大事。棉花甘薯煙草都是近代的舶來品。蓬萊稻、印度芒果、日本葡萄、無子西瓜等，最近才流行於臺灣。如敞開了中美間交通路，中國的農業乃至國容市容村容，可能劃時代的進步改變。多少過去學農的人，回到國內無用武的環境和機會，現代會大不相同了吧！

（一九七七年四月一日紐約聯合日報）

在美國看汽車

昨晚廣播說，美國的大汽車廠通用、福特等公司，因汽車滯銷，陸續裁減員工，從汽油漲價以來，美國的汽車工業先後已裁員十五萬多人，豪華車、旅行車、一般車總合銷量比上年度減了百分之四十。一部份停開已久的火車恢復，自行車使用人也增多。

美國全國現有汽車總數接近一億輛，平均兩人一輛。除去老人殘廢人兒童不能開車的以外，幾乎夠每人一輛。據說，在三十年前，一個人一個家庭有沒有汽車，用什麼樣什麼牌的汽車，代表了身分。現在人人有車，也就沒有人從車來判斷人。普通人都會開車，如果一個人因開車錯誤，發生嚴重車禍，被吊銷駕駛執照，那等於古人受了刖刑，寸步難行，上班宴會買菜處處成問題，萬事全非了。

一個小家庭普通用兩部車，丈夫上班，開車走了，太太買菜送信理髮，到醫院，送子女上學，非另有車不可。一般住宅，容兩部汽車的車房，是必需有的建坪。中上家庭還要有旅行車，把臥舖行厨裝修在車上，假期週末，開到哪裏，住到哪裏，良辰美景，到處爲家，可說是十分寫意。但是車重了，汽油消耗量當然也加多。

很多都市的中心區，公共機構、學校等，創建的時候，沒考慮到一人一部車的局面出現，於是停車場成了大問題。到處看見「任何時不許停車」的牌子，或只許某種關係車停的牌子。我到科崙布城鄂亥俄大學，去看一位朋友，約會上午十一點見面，十點開車過他的辦公樓前，找客人停車場費了四十分鐘（指定的敎職員學生停車場，客人是不能用的）。在波爾大學見一位太太開車去接她的敎授丈夫，車到辦公室前，丈夫沒有下課，停車場滿了，找不到任何停車的地方，就只得開車在校內轉圈，轉了兩圈，才看見丈夫敎授在路旁等車。銀行郵局大公司附近，常常找不到停車的地方，要停在很遠處，再徒步走到目的地。很多學校員生的停車場到目的地，要三分到五分鐘的時間。假使住居地到目的地車行僅需一刻鐘，發動車停車，停車後徒步，也要加用十分鐘上下。舊金山等地的多層地下停車場，空氣汚染到幾乎使人窒息的程度，可是除此以外，更無停車的地方。底特律、紐約等地，停車場車太多了，人很雜，偸車的事件常常發生。開車碰到偸車，雖然損失結果可轉嫁到保險公司，但是困難痲煩是難免的了。停車場收費，多少不等。免費的地方不多。

大都市的中心區，停車場成了問題，於是百貨店菜市豪華飯店等，紛紛向郊外搬，這些新企業，首先安排一個廣大不收費的停車場，有這一點方便，就把都市舊中心區買賣搶過去了。然而銀行警局郵局一類機構，卻不一定能配合得那麼快而適當。因而原來一起作的事，要分幾個地方作。人人有了汽車，汽油過去又那麼便宜，爲了躲避空氣污染，許多人喜歡住都市邊緣，半小時以內的汽車路通勤，是極平常的事。住宅區跟商業區分開了，很多住宅區沒有任何型商店，買一針一線，一葱一薑，牙膏一盒，手紙一包，不開車也沒辦法。不會開車甚至於連一包紙煙也買不來，一封信也送不出去。信差，垃圾車，修水管，送牛奶推車的人無不用汽車，人工和汽車汽油費加在一起，消耗就太多了。

假定一輛汽車的壽命是十年，美國每年要補充掉換的新車在八百萬輛到一千萬輛之數。維持一部汽車，保險牌照稅，汽油，停車，過橋，修繕，刷洗等等，平均每月要消耗一百到一百五十美金之數。男女年十七歲卽可考取駕駛執照。老人無年齡限制，但是辦保險必須有健康檢查，健康不良，保險公司不保，也就開不了車。

美國的道路街市是配合汽車的，就是在鄉僻小地，也沒有狹巷窄路，像我國舊日鄉村情形了。普通人家門前總留有停三四部汽車的空間。汽車喇叭非萬不得已不叫。「恂恂人有禮，悠悠車無聲」，越到鄉間，越顯出這種景象。轉彎的時候，常常車等行人，開車人和行路人用手打招呼也常看見。多數學生常走的路，車儘量躲開。高速公路上也有警察巡邏，檢舉違警超速的人。路標多而明白，方向，左右轉，可否超車，多大速率，加油站旅館距離，觸目皆是，如不小心，走錯了路，加油站以外，很少人可問。公路兩旁，極少看見樹，一是避免掃葉風災的麻煩，一是免妨害視線。密西根印第安那等州，越到鄉下，路標越完備，任何一條街，都有街名，方向牌，轉彎停車牌。開長距離載重車，需要魁偉的身體，旺盛的精神，待遇也優厚，公路旁若干舒適的旅館是為他們開的。

路到處修的很好，所以不會有一家兜風，多人吃土的現象。就是沒有人行便道的地方，路面寬度行車外也充分有人行餘裕。騎自行車的青少年插一面旗子在車上，汽車就要隨時躲他。美國的交通規則是走右邊。清早牽狗散步的老年人常常走左邊，意思是迎面來的車，遠遠看見，容易躲開，同方向來的車卻要當心煞車來不及。

在中國有自用轎車的人，可以門前上車，門前下車，終年不走一步路。在美國因為停車場和目的地常有相當距離，雖然有車還需要兩腿。美國的汽車最大多數是自開自坐，家族同車，親戚同車，朋友同車的時候，開車的和坐車的血肉相連，安危相共，丈夫把盤，妻子看地圖，坐車的人比開車的人更沈着謹慎。主人要快速超車，少東在鼓掌助興，司機須承命行事的情勢，不容易出現，也許是車禍減少的一種原因。計程車難找到，也出奇的貴。普通用五元汽油的路，坐計程車非五十元不辦。如果自己會開，租一部卡車搬家，從紐約開到舊金山，東西橫斷大陸，卸載以後，把汽車交到當地汽車分公司，卻是便宜而方便。

學會開車，快慢不同，新去的中國學生，通常需要一百到兩百美金的學習費。保險費看年齡、職業、開車記錄、結婚與否而不同，據說收費率，是根據車禍統計而產生的。廢車的處理成爲一大問題，佔地方，費人工，而收回的代價有限。買舊車，誤正事，害人害己，也成爲談話資料。

飛機汽車火車步行（包括人力車），適當分工，是解決交通的重大課題。在美國汽車似乎用的太多了，不必要的時候也用。全國農民只佔百分之七，解決糧食問題綽有餘裕。要百分之百的人都會開車，豈不可笑？而且色盲近視殘廢，天生不適於開車的人也不少。爲什麼在交通體制上使他們行不得也？一部汽車載很少人，白天要車場，晚上要車房，嬌生慣養，動輒耗費，未老先衰，問題百出，大意一秒，災禍一生。單單以汽車數量衡量文化水準，人羣幸福，那眞是太淺見了。所以美國的汽車減產，也許是喚回理智，走向計畫交通的一步。反觀我國情勢，要汽車在全國交通上扮演一個甚麼角色，道路，停車場，汽油，造車工業，都應當通盤規畫，瞻前顧後定辦法。就我住過的地方說，常感到車走人無路，人多車難行，噴煙使人鼻塞，汽笛使人心驚，坐車開車都有拚命掙扎的味道，我們的問題發現早，也許補救容易些，汽車王國所碰到的困難，也許可以給我國些智慧吧。

十一月二十三日於美國新澤西加尼湖上旅寓

（六十三年十二月二十日臺北國語日報）

流寓五字句

生平不能爲詩。流寓各地，偶以五字句，略記生活，函告友人，以代信件，藉通音問者，三地存三十首。

(1) 臺中東海大學素心園

我愛素心園，幽居三年過，無災亦無害，歸來北窗臥。
榕蔭恰覆窗，修竹已過屋，錯落看花開，晨昏喜果熟。
隨手種芒果，遍地長茉藜，花香果亦甜，相對總低迷。
冬至滿園紅，深秋照眼紫，爛縵日日新，仙鄉彈指是。
滿樹金鈴子，當有鳳凰來，朔風吹華髮，爽朗笑口開。

梁鴻庸凡骨，所傳以孟光，感君不羞君，一窮了百忙。
翹首望雲天，兒女宛然在。涼風從北來，家書鄉音代。
好友日以遠，新交日以轉，晃跣自有時，會心看天演。
家公貴癡聾，緣何六根在？七十人生始，混沌眞可愛。
開門迎朝氣，入室讀異書。萬象更新日，隨分祝九如。

一九七四年元旦試筆（文壇一六四期）

（2）蒙西（MUNCIE）（一九七四年四月至九月在印第安那州）

柳綠棠紅日，春風鶴髮年。荊花兄弟樂，百合接團圓。
恂恂人有禮，悠悠車無聲。參天多喬木，匝地野花明。
家家芳草地，戶戶看鮮花。雨過艷陽出，清風散鳥譁。
野兎逡巡去，松鼠迎面來，人犬兩相忘，更無物可猜。
夾楡堅且實，致用斯爲貴，流離遍天涯，不爲時憔瘁。
蒙西博爾園，花木啓人慧，遠客迎駘蕩，樂見菁莪萃。
船多少人來，湖廣水亦淺。我自携春遊，不問風急緩。
重展啓蒙書，童心天國近。人間慧幾何，冷飯炒無悶。

六畜炫碩大，蔬果爭鮮肥。老農顏色好，顧盼亦神飛。
小川迎晨曦，柯瑞園堪賦。燦爛締絡燈，照見繾綣步。

(3) 普林斯敦大學一九七四年九月至一九七六年八月在新澤西州立伽尼湖公園

挺秀花旗國，名列長春藤。締造二百年，人傑地亦靈。
師友聯翩來，廬山通羅什。妙明倘可求，不辭三冬蟄。
夙昔愛鐘聲，清音發深醒。禮樂接人天，難分甲乙丙。
卓犖恩思登，科玄造要窈。靜定慧自出，不爲俗繚繞。
績溪去已遠，手澤分明在。溫文見遺容 哲人有遺愛。
重樓多異書，琳瑯三十萬。開篋訂舊文，心安神亦健。
簿錄專門學，大哉劉子政。海外多異人，淵通如馬鄭。
窗對伽尼湖，婆娑看垂柳。水深飲羲和，樹高挂星斗。
徙依四穹橋，繾綣湖濱路。雁陣掠寒空，彷彿濟南暮。
風雨鷄鳴夜，繁霜飛雪辰。不須走圯上，黃書付伊人。

第二輯

從吃雞蛋說起

明末大散文家張岱作的快園道古有一段故事說：「蘇州知府林五磊，平素不孝順。他的父親到知府衙門去看他，住了半月，就逼老人回家，給了一點錢，派人押送回去。臨走要些白酒鷄蛋也要不出來，他父親走到半路上氣死了。同時紹興東昌坊有個窮人叫薛五，很孝順，他的父親每天早上一定去澡堂洗澡，薛五每清早一定帶熱酒三合，茶鷄蛋兩個，給老人下酒擋寒。詩人袁雪堂作詩說：『三合陳希敵早寒，一雙鷄子白團團，可憐蘇郡林知府，不及東昌薛五官。』」這故事以鷄蛋吃上吃不上分別孝與不孝。然而老人易患高血壓與動脈硬化病，蛋黃多吃，也許大不利於這種老人。如果薛五官之父，如因多吃鷄蛋而損害健康，則極孝之心，未必能作出極成功之事。我的曾祖活到九十高壽。據說，當年他的子孫就是每天早上給他三個「臥果」吃，可能是受了薛五官故事影響。他吃了很多鷄蛋，沒有影響壽考，這也是一個特殊的例。美國有些醫生主張成人每天吃半個就夠了。民國十一年到十七年北京師範大學的學生食堂，由名飯館致美齋包伙食。喜歡素食的學生可以三個炸烹蛋角替代一葷菜，中午晚上合算，每天一人可以吃上六個鷄蛋，比起埃及廢王法魯克，還有遜色（法魯克每次早點吃十個鷄蛋），和袁世凱當年的早餐吃蛋量，正好相當。袁世凱喜吃烤鴨，越肥越高興。北京塡鴨的流行，據說和他的提倡嗜好有關。大量的脂肪和蛋黃是袁氏尿毒症的起原。他自負有過人的健康，只活了五十七歲，和缺乏營養常識也許有些關係。

營養化學的進步，最有幫助於人類健康壽考。偏食，一種東西的過度多食，常常變營養爲危害。「日啖荔枝三百顆，不妨常作嶺南人」是蘇東坡的詩。「天生我才必有用，一日醉飲三百杯」，是李太白的詩。蘇東坡後來死於腸胃病，李太白醉酒墜水而死。人藉適當飮食以生存，不是生存爲了飮食。常有酒席可吃的人，不怕營養不良，怕的是營養過良。勸人「努力加餐飯」，誠心誠意則未免低估了對方的生活水準，虛情假意又非親厚朋友相處之道。酒嗎，如果自己不想喝醉，就不該以灌醉他人爲樂。「醉話有眞」，一定是醒話多假。「醉話有失」，使人不喝醉酒就是愛人以德了。兒童們該先知道，吃飯是一種享受，也是一種義務。愛吃甚麼和該吃甚麼，常常並不一致。人生下來只會吃奶。慢慢學會吃許多東西。會吃的東西越多，不會吃的東西越少，適應環境的能力就越增加，健康也容易維持。偏食常造成某種營養的缺乏。吃得科學些，就免得吃難吃的藥了。

六月七日於美國蒙西

（一九七七年七月十七日國語日報）

喝酒

「酒逢知己千杯少」，「與君同消萬古愁」。酒是一種鎭靜劑麻醉劑，有了他可以使人忘掉現實，減少苦痛，錐心泣血的可以破涕爲笑，輾轉反側的可以酣睡長宵。酒也是一種滋養劑興奮劑，從冷生熱，反老還童，從絕望到再生，變怯儒爲勇敢。「酒膽」「酒興」「酒力」有時候可以使一個人煥然改觀。一分酒一分工夫；十分酒十分力量。「酒酣喝月使倒行」，雖然難於實現，醉膽包天，劉邦可以斬蛇，武松可以打虎。酒入舌出，百無禁忌，使酒罵坐，醉打山門之類，更不是少見的事了。

我國文學史上歌頌酒的作品，異常之多。「既醉以酒，既飽以德」，是宴會上常有的謝詞，出於最古的詩經。「不醉無歸」，「不醉反恥」，二千五百年前的詩人說，現代人也說。司馬遷寫長日酣醉，無爲而治的曹參，神全氣壯，全無貶詞，寫信陵君的晚年多飲醇酒，更表現出嶔奇磊落，英雄本色。曹操以犯酒禁的罪名殺了孔融，自己卻是高歌着「何以解憂，惟有杜康」。竹林七賢，全是作家，也無非酒徒。阮籍詩名最高，也最會喝酒。「文章豈在多？一頌了伯倫。」劉伶憑了一篇酒德頌就傳名不朽了。和他同時人作的列子，至於說，喝醉了酒，即使偶而遇到車禍，跌下來比不喝酒的人受傷也要輕些，因爲他的「神全」。就我們現在的經驗看起來，覺得這話十分怪誕可笑，因爲醉酒可以加多車禍，沒有理由可以減低車禍。然而列子說的是一種象徵性的哲理，一種話裏有話的寓言，不是交通事故的具體統計。這和劉伶的酒德頌，王績的醉鄉記是一套思想。劉伶以爲醉了酒就脫出了一切禮法的侷束，世俗的猜嫌。王績以爲進入了醉鄉，「其土曠然無涯，無丘陵阪險。其氣和平一揆，無晦朔寒暑。其俗大同，無邑居聚落。其人甚淸。」我們只把歷史一想，處在類似的險惡社會，醉酒的陶淵明，身名俱全，淸醒的謝靈運不得其死，兢兢業業的薛道衡殘年喪生，頹廢醉飽的王績無災無害，就知道列子說些什麼，劉伶追求的「無思無慮，其樂陶陶」是代表什麼用心了。

最初是敏感的詩人，藉陶醉以自全。陶淵明的詩說：「但恐多謬誤，君當恕醉人！」可見他的細心。文網寬大到了唐宋時代，用喝酒來表現豪放磊落，「醉態任天眞」，「醉語追天眞」，「猛醉養天眞」，文人把醉酒看做享受人生，捕捉靈感的必要手段。詩人和酒的因緣就更密切了。李白說：「一日醉飲三百杯」，杜甫說：「且盡生前有限杯」，岑參說：「一生大笑能幾回，斗酒相逢須醉倒」，白居易說：「今朝不醉明朝悔」；黃庭堅說：「身入醉鄉無畔岸，心與歡伯爲友朋」，邵雍說：「酒涵花影紅光溜，爭忍花前不醉歸」，陸游說：「自笑邇來能用短，只將獨醉作生涯」，「天寒欲與人同醉，安得長江化濁醪？」」這些都表示詩人的本色是開懷暢飲。「醉後詩魂欲上天」，「醉書在篋稱絕倫」，好像酒幫助了詩。「自古名士多飲酒」，是說不會喝酒就難當名士。賣劍買酒，剪髮沽酒，成爲佳話，「酒似新豐不值錢」，「家家扶得醉人歸」，人人有酒可喝，算是太平盛世景象的表現了。

論語說：「唯酒無量，不及亂。」人和人酒量差別很大。就一個人說，酒量大小，也看喝的時候，喝的地方，同喝的對手。淳于髡對楚威王說：「臣飲一斗亦醉，一石亦醉。」酒量常隨年齡健康而變化，盡興盡量，估計自己，估計對方都不容易正確，再加上酒的性能不同，人的體質不同，存心「不及亂」的也常不免於亂，以「盡量」爲能事的，自然就以亂爲常了。常見到宴席上一方面不醉的裝醉，一方面泥醉的不認醉，越醉越喝，越亂越勸，吵吵鬧鬧，以開懷盡歡始，以痛心疾首終，甚至於因酒生嫌，因酒成禍，「斷送一生惟有酒」，「舉酒澆愁愁更愁」，也不少其例。

說文解釋酒字說：「酒就也，所以就人性之善惡。從水酉，酉亦聲。一曰造也，吉凶所造起也。」壽酒喜酒，接風酒，迎新酒，交杯酒自然使人喜氣洋洋。送別酒，落第酒，奠敬酒就另是一種滋味了。狂歡的酒，也可以突然變喜劇爲悲劇。雄才大略，橫掃歐洲，所向無敵的匈奴王阿提拉（Attla），在深入意大利，美人玉帛，飽載而歸，新婚慶祝，預備帶着酒與入洞房的時候，倒地不起，是五世紀中葉充滿傳奇性的故事。明朝的狀元楊升庵，被放逐到雲南三十多年，七十歲還鄉，和他小一歲的弟弟叙庵，暢叙離情，酣飲長夜，酒喝多了，叙庵暈倒喪生，歡會酒變成了訣別酒。今年五月二十六日晚上，臺灣大學數學系的畢業生，在臺北市羽毛球館餐廳，開謝師宴，三十二歲的客座教授胡達開博士，因爲飲高粱大麯等烈性酒過多，腦血管破裂倒地，在送醫院的途中逝世，長別了就要雙雙東飛的美籍夫人瑪麗，引起多少人無量的悲傷和惋惜。

把藥用烹調佐料用的酒，當作普通飲料用，自始是一種錯誤。用烈性酒敬客，千言萬語，千方百計，以看人泥醉爲快，也要算變態心理。陶侃飲酒有定限，蘇東坡好酒而終日不過五合，常保持「歡不足而適有餘」，邵康節晁无咎等人都以微醺爲度，自制的修養已經很難得。從養生的觀點看，怕還要大加修正，飲酒是必須有定量的。這個定量不是維持不亂，是營養學上所需要的量，醫學上所許可的量。也許把牛飲一醉的酒，分作三十天喝，天天有酒，酒也就不會傷人了。

我國發明造酒術很早。相傳夏朝的時候，儀狄會造酒，大禹喝了覺着很好，就加意疏遠他。這是儀狄造的酒特別好，發明酒自然在夏朝以前。商朝人喜歡喝酒，殷墟發掘出的酒器特別多，殷紂王以「一鼓而牛飲者三千人」出名，「酒荒」也是他亡國原因之一。周成王封康叔於衞，統治殷朝遺民，周公作酒誥，申明約束說：「羣飲，汝勿佚，盡拘執以歸周，予其殺！」就是用死刑來禁止當地人的集團喝酒。周官上有酒正，主管造酒存酒供應酒，也有萍氏，管查酒限制飲酒，「一獻之禮，賓主百拜，終日飲酒，而不得醉焉。」酒可以合歡養生，稱爲「百藥之長」，比於牛奶，可以「策身扶老」。用於烹調，去羶腥，和五味，尤其有重要作用。人要能善用酒，就算不辜負發明酒的先知。法華經抄說：「初則人呑酒，次則酒呑酒，後則酒呑人。」酒能不能呑人呢？三國誌裴注引吳書記：「鄭泉性嗜酒，臨卒謂同類曰，必葬我陶家之側，庶百歲後，化而成土，取爲酒壺，實獲我心矣。」酒壺爲酒而存在。人要只以多裝酒爲能事，不問結果影響如何，就是人爲酒用，不是酒爲人用了。

一九七二年八月八日於素心園

（文壇一四七期）

過年

我很喜歡王荆公的新年詩：「爆竹聲中一歲除，春風送暖入屠蘇。千門萬戶曈曈日，總把新桃換舊符。」這短詩說明了「物以終爲始，人從故得新」，象徵了新想法，新作風，表現了新氣象，新希望。

人類是有重復演習，保守執着天性的。好的事可以習慣成自然，壞的事也能習慣成自然。野蠻人社會以殺人祭神爲當然。紋身，纏足，束細腰，吃鴉片都曾經成爲某時代某一部分人的習慣。酗酒、吃紙煙、聞鼻煙，到現在還成爲全世界不少人的習慣。可是人類也常在反省懺悔裏得到改革進步。過年是在冬盡回春，農民最閒暇的時候，作一次生活總檢討，配合上經濟的總結算（年終算賬）全民一致總休息，總娛樂，盡情地慰勞自己一番。傳說中除夕有百神下界，要人人立脚在神明鑑臨之中，元旦要祭拜宗祠家廟，使人人跪倒在祖宗照臨之下，檢討過去，捫心自問，不要粉飾，不要自欺，切切實實策劃未來。那些生活習慣應當改正懺悔，那些事情應該從頭做起。「一元復始，萬象更新」。個人也要從新作人，跌倒了爬起來，走錯了路改方向。談到人和人的舊賬關係，有的境過情遷，根本無法算了，有的千頭萬緒，永遠算不清楚，於是乎歸入「撇賬」，成事不說，隨事不諫，旣往不究，一切從頭談起。

過年以前要大掃除，要整修門窗，刷新牆壁，平墊道路，修濬水道，點綴村容市容，預備新衣新帽，新鞋新襪，「女兒要花，小子要炮」。理髮沐浴，洗車刷馬，這自然是一種規模最大，歷史最久的定期清潔運動。

回想故鄉的拜年，可說是全村大家庭化活動的一種。普通年齡行輩相近的青年人，分別結成多少隊，挨門逐戶行禮。全村幾十家，甚至上百家都要走遍。在雪凝地凍裏急行趕拜。平常不認識的人，拜年認識了，過去不來往的人，拜年來往了。家家門戶洞開，所有守門狗在鞭炮聲裏夾着尾巴逃匿，歡笑聲外，更沒有鷄鳴犬吠。到處可以升堂入室，人和人更無任何障壁。「淑氣自天來，春融麗日；祥光隨歲轉，瑞靄和風。」有過誤會的人，解除冰凍了；不曾講話的人，含笑開口了。人人以謙和尊敬對方爲能事。大家都忘了貧富、男女、長幼、身份、地位種種區別，眞出現了「普天同慶，大地皆春」。至於多少新婚夫婦的回門拜年，車馬交錯，女治男歡，人看豔裝，路傳綺語。岳家一住旬日，親族知交，輪流歡宴，使着親戚的關係，從一人一家擴大到一族一村。兒童們一想到外家拜年，就是足吃足喝，足玩足鬧，要什麼有什麼，到處受歡迎，人人都和氣的地方。最後呢，玩具衣物壓歲錢滿載而歸。「外家梨栗記當年」，多少年後回憶，都代表了人生的最大快樂。自然我所說的所經驗過的是幾十年前，太平時代河北中部的景象，也許這是村治文化較有基礎的地方，然而全國類此情形的農村，決不在少數。

過年有許多禁忌，使人在歡樂解放之中，戰戰兢兢。最初以爲這是可笑的迷信，荒唐的神話，仔細想想，用民俗學社會學的觀點來分析，這些禁忌教條的產生，也常有教育用意或深刻的某種用心。我們家鄉的兒童都知道，新年的言行，關係一年的好運或壞運。新年吃餃子吃到了內包金銀小錁，會全年吉利，所以吃飯要特別小心。新年咬着舌頭，會全年倒霉。新年烤火，燒了衣服，吃飯摔破了碗，都主全年不吉利。「新年尿了牀，會一年容易尿牀」，新年說了髒話（罵人話猥褻話），春聯寫了念了錯字，門神竈神土地神等會隨時爲記帳報告，甚至於影響一生的功名前途。這些無非是用神道設教，加重「愼始」的訓示。又如傳說「大節（夏曆正月初五日）以前，女人作針黹會妨死丈夫」，這大概是爲了貫徹婦女的休息，使着暴虐的公婆，赤貧的人家都不能有例外。至於全國風同的新年吃餃子，大概因爲餃子可以事前包好，元旦燒飯的人可以省事歇功。又如規定某些日子大放工，某些日子騾馬不能驚動，也是爲了僕役御者的全休着想。

新年是全家團聚休息的日子，所以機關封印，工廠休工，學校放假，商店歇業。人人把回家過年看成大事。「鄉心新歲切，天畔涙潸然」，「一年將盡夜，萬里未歸人」都是詩人寫回不了家的深摯悲哀。在農業社會裏，多數人安土重遷，團聚比較容易。到了工商業社會，不少人成了東西南北之人，處處無家處處家，鄉思自然就減輕了。陸放翁的詩說：「家貧輕過節，身老怯增年。」這是很特殊的想法，普通越是家貧越珍重過年，今年盼着來年好。老人平常是寂寞的，有人來拜年，總可以開口一笑。

政治家宗教家學人作家，常常藉新年用文章說教，擴大他們的指導影響，自然非常需要，也補救了報紙的空白。平常人用賀年片表示自己的存在，交換正確通訊處，或把賀卡作簡單信箋用，三言兩語，互通情愫，半天可以寫出幾十個，連繫不常見又常相憶，想通信又沒時間的朋友，實在比較有意義。日本人流行一種賀年片信，把自己的近況計劃，恰好寫夠一張明信片容量，影印寄給關心的朋友，有內容，親筆寫的書札，比五光十色高價買來的賀年片，更能代表自己，也加多一點朋友的連繫。把自己的新住宅、新著書，所主持的工場學校的主要建築作賀年片圖案用，略加說明，圖文並行，也可說是現代書札的另一方式。親友是要連繫的，要作得省力省錢而有用。

歐美人的耶誕節和陽曆年相離只有六天，所以過年和過節，實在是一回事。我國的春節和國曆年，常常有一月隔離，去年因爲陰曆有閏月，春節和新年隔了一個半月。會計年度，學校曆又不能相互配合。因而像夏曆年式的總檢討總休息總娛樂的時期拆散了，也過不成西洋式的年。總算起來，休息的時間，也許比古人歐美人爲長，而過年的享受方便，既不及古人，也不及歐美人了。

很多人以爲融合東西文化，就是把古今中外的生活方式，堆叠在一起。春節陽曆年並行，就是一個顯著的例。其結果，春節失掉了夏曆年的情趣作用，陽曆年也不同於外國人的過年。創制是困難的，調和也不容易。六十年來，我們未能把國曆年和春節眞配合到好處。上下古今，縱橫世界，權衡輕重得失，因其不得不因，變其不得不變，「敬授民時」，是聖帝明王代代相傳的大事。「美景良辰，喜見天時初轉泰；光風霽月，幸逢人事又重新」，謹書此聯，作爲今年元旦的「開筆大吉」！

民國六十一年（一九七二）元旦於大度山純石山房

（文壇一四〇期）

山居的珍惜

在許多人向大都市集中的過程裏，十六年前，我選擇了山居。山居還給了我健康，也使我多了一點讀書時間。現在因爲種種因緣，也許暫時要向山靈告別了。人在福裏不知福。通常是離開了一個地方，就更想念一個地方。這裏最值得讚許依戀的是有六大自由。

在世界上許多大都市，人沒有呼吸的自由。汚染的空氣，密密層層包圍着。坐在吸煙客的對面，不能不吸他噴出的煙，走在傷風肺炎患者的旁邊，不能不吸他呼出的氣。工場的煙筒下水道，汽車火車的氣管，隨時隨地放出的毒氣，都是我們不想吸的氣，卻是一口也不能拒絕。乃至於飯館的酒氣酸餾氣，菜市的魚腥氣垃圾氣，馬路旁運動場的塵土氣，都是使人厭倦窒息，而又無法不隨遇而安的。上到十層樓頂，煙霧比平地更濃，鑽到地下室裏，又添些潮氣霉氣。一來到大度山，早上迎東山爽氣，晚上接襲人花氣，觸目皆綠，無風不淸，襯衣的領子很難變黑，衣上的征塵自然消失，黑痰鼻涕去了，洗臉漱口都像省些事。呼吸的是自己想呼吸的空氣，這是第一件珍貴的享受。

臺北九年，在睡眠不足裏過去。相信了精神愈用則愈出，陽氣愈提則愈盛。努力學習着無不覆之函件，無不會之賓朋。其結果起居無時，飲食無節，精力透支，三輪車上，公路車上火車上，開會場裏，教員休息室裏，辦公桌上，並無情思，整日家睡昏昏。中午傍晚提書包回來，牀上一倒，早已失去知覺，叫醒吃飯，照例行事，桌子上飯菜的色香味也就全無所知了，兒女的趣事，太太的報導，像聽見，也像聽不見，整天像醒着也像睡着。電鈴門鈴信差聲電報聲叫賣聲，消防車氣笛聲，鄰家拜拜婚喪的鞭炮聲，乃至於養母繼母打兒女的哭叫聲，一切一切都有權有力使我不能入睡，或睡裏醒來。好容易颱風來了，我是慣在風雨裏恬然入睡的，才躺到牀上，就會聽到門鈴狂號，連推帶敲，「最難風雨故人來」，「同舟風雨莫相猜」，於是乎好友撞進，連牀話舊，從兒時的游泳淹水，到中學的風潮淘氣，到某年的失戀，到某次的飛機故障，眞是妙緒泉湧，幕幕驚險，風雨不知道在什麼時候過去，也不知道在什麼時候入睡，被叫醒時常是晨餐在桌，書包或公事包擺好，另一件工作等候開始了。山居以後，我開始有了睡覺的自由。妻曾經說，山居使她有了家庭，退休使她得到了丈夫。

車站的站臺上，過路的天橋上，百貨店的通路上，走不開，停不住，快不得，慢不得，左右不得，後浪推前浪，人人都成了被動的。忽而教你上天，忽而教你入地，明明迎着綠燈走，也未必不被撞，明明走的人行道，也難保沒車來。長龍排了兩小時，車票依然買不上。兩地相離四百碼，榨車一停半點鐘，到處是「行不得也」！山上就大不相同了，路是人走出來的，你要會走敢走，就沒有不通的地方，要有倆人三人相伴相牽，爬坡跳溝就更方便了。在這裏才感覺兩條腿的萬能。散步自然是天賦給我們的最好運動，一天五千步，百病不光顧。花朝月夕，走起來自然寫意。年假暑假，極少的人享受着偌大的公園，謝天謝地，眞是三生有幸了。

北方人的體格，一般比南方人好，農民的體格一般比商人讀書人好。我想曬太陽多少，是主要條件。許多的植物，不見太陽就不能生長。人是生物的一種，大概也適用各種生物原則。蒼白，灰白都是少見陽光不健康的表徵。一個患風濕病的人，一曬太陽，眞感到無比的舒適。在多春兩季，臺中的晴天要比臺北多一倍。常常新竹以北下雨，新竹以南雲彩越來越淡，以至放晴。同是臺中市，大度山頭也常比市區內雨少藍天多。樓房少，大樹少，遮陽光的東西也少。早上打開窗子，看東山火發，傍晚倀伴門前送日下平川。最初曬夏天的太陽，也有些不習慣。脫了一兩層皮以後，人變黑了，皮膚抵抗力也就加強了，多日可愛不必說，夏天的太陽也沒什麼可怕。如果有閒情逸致，坐在篩過木麻黃相思樹蔭下享受艷陽，配上鳥語花香，也算是桃源世界。

十多年裏，在東海大學，我有選圈國學書的責任。國內的大小書店，香港東京京都的新舊書店，經常有書目廣告寄來，分類看仔細看，只要是這裏圖書館沒有的，我認爲有價值有用的，紅筆一圈，這書不久就會出現在圖書館的新到書通告上，這眞是難得的遭遇。書生的苦痛，是想讀的書找不到，想買的書買不起，知道書在那裏，無法借出。剛看到興會淋漓，圖書館的典守者要下班封門。到東海後，這種苦痛解除了大部分。無論多麼客觀，我所選購的書，總是以我所偏愛的書爲主。尤其是五十三年日本訪書之行，幾乎是以我的需要爲中心。這裏書多人少，所以有目借不到書的時候很少。蒐求的時間長了，也就包含一部分幽隱冷僻。有的書選購的是我，書到匆匆一展的是我，多少年後再一查看的還是我。「十年一展琳瑯卷，贏得書魂薄倖名」。

散步是不容易出汗的。鋤草，修樹，挖石頭，敲田螺，鬪蟲蛇，就趣味多端，引人入勝了。雨後拔含羞草，打田螺，春初夏末剪榕樹聖誕紅，所愛的花木，挖出根下石塊，加肥料，旱天燒雜草驅害蟲，一身汗出，全局改觀，有攻必勝，無求不遂，順我者生，逆我者死，如大禹的治水，如李靖的用兵，遇到盤根錯節，螺王石兒，多費些力氣，也算是動心忍性，增益其所不能。藏垢積穢，蛇蟠鼠窟，一根火柴，叫它全化堆肥，幻變花圃。在田園勞作裏，使人忘記年齡，忘記疲勞，忘記失敗，使人重溫習有種有收，自業自得，爲者常成，行者常至。

這一切是值得珍貴的，丟不開的，然而十多年來，使我牽腸掛肚的，卻是另有所在，魚還是熊掌，這使我悵惘徬徨迷離而寂寞！

一九七三年八月八日於大度山

（文壇一六〇期）

素心園雜記

女兒四歲半的時候，我買回來一包糖給了她，就問：「華啊，你覺得咱們家誰頂好哇？」她先點點頭道了謝，就說：「我覺着我頂好，你不覺得你頂好嗎？」這眞是出乎意外的回答，給了我永遠忘不掉的印象。慢慢地我領悟了人生的三種境界。第一種境界，只看見別人的短處，自己不在討論之列。第二種境界，看見別人有長有短，也看出自己多是少非。第三種境界，只看見別人的長處，自己總是慚愧學不來。第一種境界，天眞得可愛，第二種境界，能幹得可敬。第三種境界是取人爲善，粹然儒者，純純君子，以德量自強。境界和年齡有的人有關，有的人無關。境界能夠隨着年齡進步，就是活到老學到老了。

素心園住着四家。諸暨陳達夫先生，今年七十六歲，出身北平高師，留學法國，是我國動物分類學和魚類研究的名家，他的著書和研究成就，在書和人第一三二期詳細介紹過。到東海來十六年，我們是越走越近。除了學校各種集會上的碰頭以外，每天清早六點鐘在一起打太極拳，經過了八年。有一年組織了一個家庭旅行團，和校外的一部分朋友，每月租二部旅行車，同遊同吃，一年之中，中部的名勝都看徧了。最近兩年又住前後鄰家。達夫工篆書，能刻印，足蹟走徧全國，所知道的文化教育界掌故極多，眞是多聞的益友。他的私生活非常謹嚴，最近努力於生物學名詞的審定，並編一部動物學大辭典。他普通晚十點鐘就寢，早三點鐘起床，洗澡之後，六點陪我們打拳，他早已一燈熒熒，工作過兩小時半了。打拳全年通勤，風雨無阻。雨天則撐着傘到東海小學的廊下作。今年四月陳夫人逝世，九月他爲子女接往美國。前天接他從芝加哥長公子處來信說，買得幾部新出的歐文動物學辭典，還在修訂他的動物學名詞初稿。達夫眞是學而不倦，不知老之將至的典型。他的信總說冰天雪地住不慣，憧憬着恢復大度山打拳生活，然而這不過是給老朋友一種安慰和希望，他有二子一女一弟四家都住在新大陸，少子夫婦也在進行到國外作醫生護士。他的退休宿舍雖然花在開，樹在長，偶而還有商販叫賣，生客敲門，只能刺激我們的寂寞回憶。素心人已遠，麗日照空房。二百個月圓月缺，平平常常地彈指滑過。

隔壁兒朱應銑博士，浙江省海鹽縣人，治光學熱學，南京高師物理系畢業後，留學倫敦大學，回國作了幾十年的教授。他比我遲來大度山一年，卻有緣份兩次住鄰家。一起早上打拳，也有了八年歷史。他的守時間，作到一分鐘也不差。學了現代科學，沒變更祖傳農民的身手。住宅附近除草、挖土、搬石頭、種樹、栽花、灌漑，一切都自己作。他看來枯瘦如柴，卻極愛勞動，絕少出汗，冷熱，風吹雨打，都不在乎。他似乎照例放下書本，就拿起鋤頭或鐮刀，勞作一兩小時，不覺疲勞。他也喜歡朗誦古詩文，吹求古人文章的通與不通。愛好整理環境，經常動動手脚，以栽花灌園爲樂事，我倆不能說誰影響了誰。我的體力不行，勞作不能持久，割草堆石，比較成績，不能不拜下風了。朱先生敎會我的是少用嘴，多用手；少坐車，多走路；少勸勉學生，多看作業，細看卷子。朱是南京高師，我和陳是北京高師，謝永年兄是廣州高師，我們四個人不期而遇在東海，氣味相投，都以吃過高師的官飯（公費伙食）穿過高師的制服（公費衣服）自豪。

素心園裏，三個俗人，一個道人，道人是我們封顧雍如院長的雅號。他住過之江大學、燕京大學、北京大學國學研究所、美國哥倫比亞大學研究所。雍如是聖經新譯的主持人之一，他眞能不念舊惡，犯而不校，以助人爲樂，而又能融會中西文化，有一種較高的靈性修養，睟面盎背，自得其樂。他逆來順受，把病痛也看作人生享受的一種。顏淵在窮困裏不改其樂，雍如在病苦裏不改其樂。君子坦蕩蕩，申申如也，夭夭如也，如千頃之波，澄之不清，攪之不濁，這才是可望而不可卽的境地。

大度山本來是磽确瘠土。素心園一帶，更是石頭多泥土少。種花不長，栽上樹不久就枯死了。我們研究，堆石爲隴，疊石爲山，石聚土鬆，水滲草腐，一片一片改造，不久花木都欣欣向榮了。聖誕節前三天，正是農曆的冬至郊天佳辰，看看我的庭園，潔白繽紛的茶花像芍藥成了精，紅茶花比海棠嫚俗些，精神飽滿，迎着西北風展笑，也就難得了。羊蹄甲四棵，花朶淡紫輕俏，沒有紫丁香的濃香，卻不像紫荊那樣孤獨零仃。扶桑是宋徽宗艮嶽的名花，聖誕紅是北平花市上過年的珍品，夾竹桃是北方大宅門的盆栽，這裏作籬笆，塡牆角，高高矮矮，不知道揷了多少次，也數不清有多少棵，一年過去，嫣紅姹紫，五光十色，各顯功能。配上金桂銀桂，黃菊，蕃蓮和野草閒花，居然百花爛縵了。女兒兒子的來信都在說飛雪封路，寒風刺骨，對着豔陽天涼爽風，有逍遙在神仙世界之感。

連日接到書和人二百期紀念文，感到嚴冬雪裏送炭的溫暖。法高的字整齊有力，可見他眼病已癒，健康十分良好，香港之行，眞是救了他了。因百在病苦煎熬裏，雪林在姊喪不久，寂寞委頓裏，都打起精神來寫了。翼鵬六次伏案，才完成了這篇序文，眞是盛情可感。永年的文章，敍述了我們六年的金石交誼，我有一個廣東籍女婿，雲南籍朋友范士榮，廣西籍朋友謝康，陝西籍朋友陳固庭，都是天涯海角，一見投緣。蘅之、叔明對這刋物的估價，比我自己還高些。元敬、辰冬、玉川等從各種角度批評督勵，也是富有意義的。惕軒序我的書，已是第三次了。我是愛讀庾子山集和歐蘇四六的，不暇學儷語則有之，不羨才人之能雅言，則不然也。古今文選裏選了阮元的文言說，就是承認他能言之成理。一本書收了十一篇序文，來自國內外八個有名大學，包括兩位院士五位資深博士，以文會友，以友輔仁，有物有序，言所欲言，多乎哉？不多也。

尼采鼓舞德國人的超越感，歌德宣揚德國人的人情味兒，各有千秋。無論從那方面看，歌德的貢獻，偉大多了。一個高級的文化人，要爲天地立心，爲生民立命，爲往聖繼絕學，爲萬世開太平。甘地爲了改善英印關係而下獄，爲了溝通印度的階級而慘死。歌德在德法衝突裏，也自有情理兼顧不可及的立身。最近讀了雜誌上一篇「鄰人」，嘻笑怒罵，機趣横溢，眞是一篇才華絕代的妙文，使人十分拜倒。然而這是尼采的路，不是歌德的路。快意有餘，淵涵不足。想寫一封信去，終於沒有勇氣。玉川兄來信說我，「有希聖希賢的心，似乎把個人的成功看得太重了一點」。其實我所走的是最寂寞的路，「衣沾不足惜，但使願無違。」才是我的心情。接田意先生信說近數週爲鄂亥鄂大學日文碩士學位問題奔波，身心交瘁，苦不堪言。詳情不可知。在美國一個州立大學內，由華人主持，授倭文碩士，可算新聞，也象徵了未來世界的複雜性混化性。

看湯承業博士作「李德裕的相業與學業」一文，差五千字不夠書和人一期。檢出舊卡片，寫了一篇「閒話平泉莊」。才人流竄到海南島，在唐有李文饒，在宋有蘇東坡。文饒善於處順境，不善於處逆境。東坡善於處逆境，不善於處順境。文饒作了六年宰相，看得清，拿得穩，懂外交，明軍事，用眞才，恤孤寒，抑遊惰，容異己，內安外攘，指揮若定。平泉莊一類經營，也可以把追求聲色貨利的官紳，引到一個較高的新境界。他生平作了不少光風霽月，恬淡樸素的詩文，像是頗有得於黃老之道。一竄逐到崖州，就咤傺抑鬱，歎息着「風雨瘴昏蠻日月，烟波魂斷惡溪時」，彷彿不可以一日居。不到一年懊喪而死。東坡在儋耳，住茅屋，吃藷芋，耐熱耐餓，和田夫牧豎交朋友，悠然吟詩歌哨遍，四年過去，長歌「玆遊奇絕冠生平」而歸。他在元祐得意時期，政治上並無大貢獻，又激成洛蜀兩派的紛擾。海外北歸，沿途大吃大喝，以腸胃病死於常州。一個鐵漢硬漢，累不死，閒得死；餓不死，吃得死；可以發人深醒。

一九七二年十二月二十八日

（文壇一五二期）

栽梨樹

「玉容寂寞淚闌干，梨花一枝春帶雨。」白居易的長恨歌，用梨花形容慘死後楊貴妃的幽靈，從此梨花和冷清、寂寞、幽怨、黯淡、遲暮、薄命、結上不解的因緣。「雨打梨花深閉門」，「梨花滿地不開門」，「玉人夢斷梨雲冷」，「梨花滿院飄香雪」，「紅窗寂寂無人語，暗澹梨花雨」，「故國音書隔，細雨霏霏梨花白」，「可堪蕩子不還家，細風輕露著梨花」，「滿宮明月梨花白，故人萬里關山隔」，看了這些句子，梨花總是陪伴着愁人思婦，接受無可奈何的冷落折磨。較好的寫法如「梨花院落溶溶月，柳絮池塘淡淡風」，「梨花淡白柳深青，柳絮飛時花滿城」，「梨雲柳絮共微茫，春色園林一色芳」，梨花配合了柳絮，也像絕代佳人王昭君，下嫁氈裘衰翁呼漢邪單于，不倫不類，隨人擺弄了。

宋末詩人樓扶有一首水龍吟詩，專寫梨花，原文是：

「素娥洗盡繁妝，夜深步月秋千地，輕腮暈玉，柔肌籠粉，緇塵斂避。霽雪留香，曉雲同夢，昭陽空閉。悵仙園路杳，曲欄人寂，疎雨濕盈盈淚。　未放遊蜂葉底，怕春歸不禁狂吹。象牀困倚，冰魄微醒，鶯聲喚起，愁對黃昏。恨催寒食，滿襟離思，想千紅過盡，一枝獨冷，把梅花比。」

這是把梨花寫作一位謫降的仙女，空閨獨守，極幽咽孤高的意態。明朝狀元楊升庵被竄逐到雲南，看見早開的梨花，有一首滿江紅詞，寫他的感觸：

露重風香，韶華淺玉林無葉。誰剪碎遍地瓊瑤，滿園蝴蝶。嬌淚一枝春帶雨，粉英千片光凝雪，伴秋千影裏月明中，傷離別。　花在手，腸如結，人對酒，情難說。憶故園遊賞，清明時節，今日相逢滇海上，驚看爛熳開正月！更收燈庭院峭寒天，啼鵑歇。

梨花開也悲涼，落也悲涼，從花想到人，不欣賞南天春早，只感歎名花先零，杜鵑聲歇，萬事全非。

其實脫離了先入的成見，平心靜氣，就花論花，梨花的風範是灑脫，大方，爽朗而蘊藉，淡妝素服，自有一種風韻，清香移人，卻不像茉莉的甜媚，桂花的柔褻。桃花嬌艷，杏花妖俏，李花輕倩，海棠雍容華貴，梅花孤芳自賞，都不如梨花的近乎自然，全不賣弄，神清骨秀，白而潤，淡而雅。袁中郎說：「皓質而豐肌，有似京城女」，這種豐潤的白，是曬夠了太陽，洗夠了雨露的白，和蒼白灰白雪白，顯有不同。她開在春分二候，讓桃杏海棠，競艷在先，陪桐花麥花送春在後。春深了，洗妝雨自然多，然而這並不影響她生育，幾天不見，綠葉成蔭子滿枝，淡妝平步入中年了。

鴨兒梨，色香味三方面都是上品。在水菓裏，怕只有蘋果葡萄可以較量短長。荔枝蜜柑鮮棗有色有味，缺乏了香。西瓜香蕉有口皆甜，而色與香則談不到。梅子黃杏，出身清華而色香味皆平凡。李子紅艷芬芳而味道劣下。鴨兒梨到了快熟的時候，眞是滿樹黃金，越洗越鮮，越曬越艷。一盤在室，香氣四溢，經久不變，不像荔枝番石榴那樣嬌嫩短命，一覺醒來，看不得吃不得了。

歷史上所傳的哀家梨，含消梨的特徵是脆甜香酥，果汁多，渣子少，落地水流，入口消釋，爽心爽口，五內妥帖，吃後有餘香餘味存在。世說新語記，高僧道安在襄陽說法，聽衆有幾百人，習鑿齒送了十個梨，道安在講座上剖分，人人分到一塊，各個滿意以去。幾十個人均分一個梨，各人不過嘗一小塊。陶宏景別錄說：「梨性冷利，多食損人，謂之快果。」梨可以開胃口，助消化，爽神舒氣。聽道安說法，吃好梨一口，靈舌並爽，很富有意味。蒸梨消痰滋補，稱爲老人的恩物。相傳唐肅宗招待他敬重的李鄴侯，只親手預備蒸梨一品，連親貴兄弟三王們，都分不得一杯。蒸梨的名貴可知。洞冥記記有梨膏，據說吃了會令人身輕，神異經紀有大梨，吃了成爲地仙，關令尹內傳記老子西遊，陪西王母吃過紫梨。梨有仙緣，頗增神秘，可惜是小說家言，無從徵信。齊書記「扶桑國有赤梨，經年不壞。」也許是指日本赭皮粗梨了。

漢書食貨志說：「淮北滎南河濟之間千樹梨，其人皆與千戶侯等。」可見梨是生產量多，經濟價值很高的樹。梨在我國，種類也特別多。西京雜記記：「上林有紫梨、芳梨（實小）、青梨、大谷梨、金柯梨（原注，出瑯琊王野家，太守王唐所樹）、縹帶梨、紫條梨、瀚海梨（出瀚海，耐寒不枯）青玉梨。」上林是漢武帝的果園，精選天下品種，眞是洋洋大觀。此外如有名的秣陵哀家梨，大如升，洛陽報德寺的含消梨，重六斤，都屢次見於古人的記述。

梨樹喜歡沙土淡水，較多的雨量，所以說「旱棗澇梨」。風土適應力很強，地大物博的我國，幾乎到處都可以生長。俗話說：「出處不如聚處」，有名的產品，爲了爭取好價錢大市場，常常很快集中於大都市，出產的地方，反而買不到吃不到。我家祖傳，在滋河南岸有上百棵的梨園，說眞話，我在北平天津濟南東京等地多少年，所嘗過的名梨不少，都比不上當年我家的最好出品。內子打趣我說：「梨是我家甜，不失爲作詩如說話。只可惜月是故鄉明，成語在前，脫胎難以換骨如何？」正定一帶本來是出名梨的地方。魏文帝的詔書說：「眞定御梨，大若拳，甘若蜜，脆若凌，可以解煩釋渴。」曹丕總算是吃過見過的人，可見鎭陽梨的聲價，也久有定論了。

移住臺中市大度山以後，因爲住屋旁邊有空地，嘗試種植些果木花卉。十多年裏，也長了不少見識。我吃過一枝自己栽培，長到十分熟的香蕉，酥而香甜，入口自化，味道之美，市場上從來沒有買到過。大概生的水菓，色香味都要打折扣。預備遠銷出口的東西，包裝運輸檢驗配發，都需要時間，香蕉橘子，大約長到七分熟就開始摘了，如何能有好味道呢？

我想通了，當年我家的自用梨所以勝過市場上一切的梨，因爲他長得熟，吃的恰是時候。市場上的梨，都是生的，不過生的程度不同罷了。越是遠道來的水菓名品，越法難有好味道。蘇東坡知道荔枝的眞滋味，因爲他在廣東吃，楊貴妃不曾眞嘗過荔枝的好滋味，因爲她在長安吃。

看好花要自己種植，買市場的花插瓶子，無論任何花都無足觀。失土失根，神情全非。好吃水菓要自己栽培，市場上的水菓，不是太生，就是陳舊，儘管品種高貴，來歷特殊，常是名不符實。農村住民的享受，爲都市人所不及的，乾淨的空氣，充分的陽光，安全的道路以外，還要加上新鮮的蔬菜，眞正成熟的水菓。

我不能忘掉生長在家家有花，樹樹有果地方，更憧憬着把這種世界擴大到人間。在這沙石磽确，多風少水的地方，栽上兩棵梨樹，悠然入夢，好像看見他開花結果了，再作小詩三首祝福他。

一　神清骨秀本天然，相對無言總可憐。
　　溶月朝陽見韻致，和風細雨笑亦甜。

二　從來齊整倦新妝，敢道君前失經常？
　　雨暴風狂添蘊藉，根本全時自安祥。

三　分梨正是不分離，爽脆香甜兩相宜。
　　恤老憐貧功狀在，眞平凡處見瑰奇。

六十一年二月四日於大度山
（文壇一四一期）

白色的花

報上登載，南港要開闢胡適之先生紀念公園，胡夫人江冬秀女士表示意見說，胡先生生前喜歡白花，墓園當年就培植了不少的白花，希望多栽白色的花。胡先生提倡白話文。他說，眞正的白話文，是明白的淸白的，分別黑白的，像平劇的道白，一句一句打進聽衆的耳朶，像大白天看東西，一毛一髮都分辨得淸淸楚楚。談文學，他推重白描，表彰本色，反對雕琢造作。他喜歡白花，應該是這種藝術觀和審美觀的延長。

白色的花容易給人一種超脫淡雅自然的感觸，也可以說是美而韻。更可愛的是白花很多是香風四溢的花。玉蘭、梨花、李花、梅花、梔子、千里香、茉莉、玉簪、水仙、百合、杜若等，有形形色色的白，有淸香、甜香、媚香、苦香、浮香、幽香種種的區別，卻各自具有爽人心神，撩人親近的力量。

臺灣因爲氣候上得天獨厚，公私庭園如果適當安排，都可以有四時不謝之花。單就白花說，梨花碧桃是迎春送嬌的，白杜鵑梔子百合等接着開。國色天香的白蓮花自然是盛夏的仙品。玉蘭、茉莉、玉簪、杜若等也在這季節爭奇鬪艷。秋天有白千層亭亭鶴立，銀桂也應時飄香。多天則有豐肥展笑的白茶花，瘦逸多姿的梅花和山櫻。杜若、日日新一類草花則耐旱耐澇，耐冷耐熱，不需肥料，不要灌溉，生機十分潑辣。日日新及四季春，可以終年不變的頂着白花，點綴山坳牆角，也自有一種意致。

以上所說的有大中小喬木，有灌木，有草本，適於高坡窪地池塘水邊的品種都有，按地勢按土質按灌溉的難易，按季節的配分，構成一個千瓊萬璧，香氣襲人的縞素世界，決不困難。自然，以白色的花爲主，不一定完全排斥其他顏色。琉璃世界，白雪紅梅，銀波起伏，深黃一點，有些雜色花也許更襯托出白花的皎潔脫俗。接近白色的花，如柚花，如芙蓉，如梅花，如蕎麥花，如蘿蔔花，如白夾竹桃，如白蓼，如素心菊，如果加意蒐集，白花的天地，就更加擴大而多采多姿了。

也許有人覺得，這樣的園子，不合乎我國傳統的口味，因爲喪事用白花，白衣白帽，白幡白旌，也都是凶禮的象徵。「梨花一枝春帶雨」，充滿幽怨，「惟解漫天作雪飛」，形容輕狂。冰心雪貌，縞衣素裳，使人黯淡，使人淒涼。但是這是一種可笑的偏見成見。看到白衣大士，白衣天使，沒有人想到他爲誰穿孝，新嫁娘的禮服，和喪家的孝服，雖然都是白的，也難有混同的感覺。白馬將軍是除暴安良，白衣渡江是全勝而歸，白衣卿相，豈不是豔羨的說法？

民國三十六年冬天在北平，胡先生一次談到「木稼」，他說，北方冬天的景物，實在以木稼爲第一，比雪景好看多了。可惜很古就有一種迷信思想，以爲木稼是妖異，主鬧兵災，又主死大官，所以文人畫家很少歌誦描繪到它。清朝大學者崔述有一篇霧樹詩序，描寫木稼很細緻。這篇文章也可見崔東壁的獨具手眼，不爲傳統的迷信忌諱所拘束。我因爲胡先生的指示，找到了崔述的霧樹詩序（見無聞集卷三），他說：

霧爲風颺，凝於物杪，人鬚馬鬣毿毛之末，未能免者。又爲物甚黏，愈凝愈黏，至倒垂尺許不能墜。……霧歛日開，則遠村近圃，編球貫玉，彌望無際。載陰載陽，明暗相間，麗景幻態，殆不可狀……其物象之妍，鏤嵌之巧，晶瑩玲瓏，細碎曲折，似造物之故爲此奇。

「木稼」河北人叫作「樹掛」，嚴寒的冬天，遇到濕氣團出現，濃霧成冰，把接觸到的東西都銀裝玉裹起來，大地上一切一切幻化爲一個無邊無緣的晶白大花籃，這花籃，千奇百怪，極盡工巧，也極其自然，在朝陽濃霧裏，使人感到造物的神秘，不可思議。這樣瓊飛冰鑄，突然出現的潔白花園，自然更不是任何植物白花所可比擬的了。

春秋經成公十六年記：「春王正月雨木冰。」穀梁傳附會說：「雨木冰者木介甲冑兵之象。」漢書五行志說：「今之長老名木冰爲木介，介者甲，甲兵象也。」舊唐書卷九十五李憲傳記：「（開元）二十九年冬，京城寒甚，凝霜封樹，時學者以爲春秋雨木冰即此是，亦名樹介，言其象介胄也。憲見而歎曰，此俗謂樹稼者也。諺曰樹稼達官怕，必有大臣當之，吾其死矣，十一月薨。」李憲是唐玄宗長兄，封爲寧王，追謚爲讓皇帝。木稼悠久被看作災異，主有兵禍，主死大人物，所以大家都避免說它了。北宋名宰相韓琦死時有木稼，王安石的輓詩說：「木稼曾聞達官怕，山頹今見哲人萎。」王荆公是不信災異的，這首詩卻是爲迷信張目了。從這些故事看起來，胡先生喜歡白花，也許和崔東壁歌誦木稼，有同樣的用心，就是跳出迷信成見，來看事物。

在我編古今文選時期，曾經幾次想把崔述的霧樹詩序加註解選入，使這篇好文章流行起來，可是在臺灣看不到類似木稼的景物（我沒有高山生活的經驗，這只是就臺北臺中等都市說），想找幾張好的木稼照片，也不能如願。外國電影裏，容許是有的，剪接引用，也怕淵博的學人，指出用異域的景物，印證國人作品的不當，因而作罷了。

腦海中對於白花，留有深刻印象的，是故鄉的梨樹園，和阡陌雲連的蕎麥田。山東小青河兩岸無邊的白蓮，更是大觀。北方的杜梨，春天放白花，幾乎有塋墓的地方就有它，路旁牆角也多見，和棗樹是伙伴。南港如果出現了大陸上歷史上不曾有過的素心花園，也要算南渡期間的盛事了。

一九七三年三月七日

（文壇一五四期）

腐化與退化

個人可以腐化。社會是進步的，個人的知識能力修養不進步，就等於退化了。人到五十歲以後，因爲生理的逐漸衰老，體力視力聽力記憶力逐漸走下坡，因而求知慾減退，對於新事物所知所見越來越少，從進取到保守，從奮勉到逸豫，從理想到現實。一帆風順的人物，更容易養尊處優，心粗膽大，依老賣老，以至於拉着社會向後走，倒行逆施，無所不爲。孔子說：「及其老也，戒之在得。」得不全指金錢上說，要名而不求實，當權而不作事，巧取豪奪，不正當的獲得，一切包括在內。

梁武帝、隋文帝、唐明皇、明神宗、清高宗，都是歷史上壽命較長，當權較久的皇帝。他們有當同之點，就是早年勵精圖治，知人善任，內安外攘，作到國泰民安。晚年則賢姦倒置，泄泄沓沓，姿情聲色，昏庸憒頑，有的弄到天下大亂，國破家亡，有的陷於危機四伏，由治入亂。民國初年選出的第一屆國會議員，很多是才俊志士，有理想有抱負有氣魄，所以不受袁世凱的劫持，抗拒督軍團的壓迫，流離顚沛，風骨不變。然而到了民國十二年（一九二三）十月，他們竟集團爲軍閥曹錕所賄買，舉出最庸妄無知無能的曹氏爲總統，各得賄款五千銀元，衆議院議長吳景濂獨得賄款四十萬元（據曹錕的機要秘書張廷諤回憶錄，見傳記文學第二十五卷第二期），他原是國民黨人，民國六年九月在廣州護法，舉行非常國會，選舉孫中山爲海陸軍大元帥的議長也是吳景濂。十年之內，一羣人前後的變化到此，眞是可怕的腐化退化了。

一個家族一個民族，因爲逸豫，奢侈享受，也可以逐漸腐化退化，走到衰頽滅亡的命運。古代的羅馬人蒙古人，都以善戰有組織力，建立過大帝國。他們嬌生慣養的紈袴後裔，失掉了固有的優越能力，帝國也就衰亂，終於滅亡了。明末努爾哈赤所領導的滿洲人，當初不過一個幾十萬人口的少數民族，竟能征服中國全部分，統治二百六十多年。愛新覺羅一家人體力智力領導力之優越，是很顯然的。皇太極多爾袞不但能訓練組織滿洲人蒙古人，也能充分利用漢人洪承疇吳三桂孔有德等幫他們打天下。福臨（順治）玄曄（康熙）知道採用泰西曆法，請比利時人南懷仁造大砲。他們迅速克服了漢語漢文，中國典籍裏所有的智慧經驗，都成爲他們的重要憑藉資本了。康雍乾三帝讀書範圍之廣，理解力表達力之強，在歷代皇帝羣裏也要算上等的。到了清末，滿州皇族的顢頇無知，貪汚低能，成爲普徧現象。親貴派赴外國遊學留學的有相當人數，學術上技術上，乃至政治能力修養上有成就的，幾乎一個也沒有。北京歷史博物館原藏有清朝皇帝所穿的盔甲，從努爾哈赤排列到光緒，一代比一代矮小，努爾哈赤穿上衝鋒陷陣的軍服，同治光緒大概背也背不動。健康發育上走下坡，皇子皇孫養於深宮之中，長於婦人之手，壽命越來越短。同治、光緒、溥儀雖然妻妾成羣，都不能生育，終至國統三絕。一個家族，退化至此，沒有內憂外患，也難以長久存在了。東漢的皇帝，一代比一代短命，明代的皇帝，越到後來越愚昧庸妄。許多史策上的名門世家，走下坡的情形，都和滿洲人溥儀一家相似。張岱在瑯嬛文集裏記明末張門子弟的浪漫荒唐，乖戾誕妄的種種行爲，大概是明末豪紳貴胄家庭的普遍現象。以這種腐化勢力爲支柱的崇禎政府，不滅亡是無天理了。

民主的國家，有許多政黨對立，以定期選舉，問信任於國民。個人或一批人的腐化不進步，可以淘汰於總投票。共產主義，法西斯政權，都實行一黨專政。古人說：「相助匿非曰黨。」獨裁的黨，從來不承認錯誤，常常把失敗的事，粉飾成成功，把黨魁神聖化教主化偶像化，成爲個人崇拜的對象。最初當事人自己也許還意識到是爭生存的權宜宣傳，時期一久，閉明塞聰，自聖自賢，也自信爲超人的存在，與傳統封建帝王並無區別了。

五代時後唐莊宗曾向他的謀臣郭崇韜說：「以前六七月在黃河邊和敵人對壘，住的地方又低又濕，穿上盔甲騎馬和賊兵作戰，常覺着凉爽，現在安住在深宮，熱得受不了，這是什麼緣故呢？」郭崇韜回答說：「那時大敵未平，陛下忘睡忘吃，全精神在規畫戰爭，大冷大熱都感覺不到。現在敵人平了，中原無事，只想盡情享受，就是修上十丈高臺，百坪大殿，也不會忘掉熱。

陛下要刻刻想着創業的艱難，今天的炎熱馬上就變爲清涼了。」唐莊宗壯年很英武，所以能報父讐，滅後梁，敗契丹，收四川。晚年腐化，親匿伶人宦官，衆叛親離，終致身殉國破。古人說：「無敵國外患者國恒亡。」「憂勞可以興國，逸豫可以亡身」，「宴安酖毒，不可懷也。」所以追求無止境的舒適享受，可以使人羣腐化退化。

爲人類所豢養的牛羊猪狗，比起大自然中野生的牛羊猪狗，各種官能都逐漸退化，耐凍耐餓抵抗自然災難的能力也普遍減低。如果失掉了人類的利用價値，不加保護，他們也許將不能生存。

卓越的政治家領導者是化腐朽爲神奇，使一個黨一個民族一個國家反老還童，淘汰，淤血腫瘤，免於腐化退化。

（一九七六年元月三日紐約聯合日報）

道德是無國界的

巴斯脫說：「科學是無國界的。」的確，凡是科學研究所發現的原則定律，常常沒有人種時間空間的區別，適用於廣大範圍，所謂「放之四海而皆準，百世以俟聖人而不惑」。有世界共同的人類的數學物理學化學，沒有特別屬於某一國家，某一民族，某一黨派特殊的數學物理學化學。

人與人營羣體生活以來，發展保障最大多數人的最大幸福，形成生活原則與規範，是爲道德，也就是爲了追求人類永久的和平幸福，而產生的共同是非。沒有人類的共同是非，理性、輿論就不存在，國際的國內的各種法律，也就難以建立並執行了。「四海之內，皆兄弟也。」「言忠信，行篤敬，雖蠻貊之邦行矣。」中國的聖哲，一向所倡導的是全人類的平等觀、親和觀，認爲凡是生長在世界上，圓臚方趾，就具有人性，就有人道，就適用推己及人的恕道。

不幸直到現代，有一部分人把國內道德和國外道德看作兩回事。對於種族膚色宗教語言文字，乃至政治形態與自己不相同的國度，沒有同類意識，也不以人道相待，所謂「非我族類，其心必異」，所謂「夷狄者殲之不爲不仁，奪之不爲不義，誘之不爲不信。」於是乎在國內把刼掠殺人綁票看作窮兇極惡，用嚴刑峻法制止，行之於國外，則全不算回事。如果是對付不友誼的國家，顚覆暗殺，橫行覇道，反而看作英雄壯烈，可以喝采鼓掌，甚至秘密或公開有組織地予以鼓勵協助。在國內，說謊欺騙，僞造貨幣文書，都算作大罪惡。在國際外交上，以文字遊戲，玩弄對方，看作高級技巧，家常便飯。在國內偷看偷聽某一部份人的行爲說話，有些國家算作妨害自由人權，可以成爲政治上的軒然大波，如美國過去的水門案件，影響到總統去職，執行人下獄。但是同樣的方式，用之於國際間，乃至對付國內另一部分人士，也可以不算什麼，甚至於可以看作政府行政業務的一部分。歐洲有以賭爲生計的國度，安排種種賭窟賭具，招攬世界上形形色色的賭客，供給一切賭的環境方便與鼓勵，可是約束自己國的人不去賭。葡萄牙人，多年把澳門經營成遠東一個大賭場，誘惑很多外國人去賭，葡萄牙本國人並不以澳門爲重要遊樂場所。

英國過去在印度大量種鴉片，運到中國賣，爲了禁煙和中國打過仗。日本過去曾利用外交特權駐軍特權保護日本人在中國的販賣毒品。直到現在還有些國家，公開栽培鴉片，千方百計把鴉片的製造品秘密輸送到世界各角落，毒害他人，自己國內卻厲行禁毒。

七八十年來，日本軍閥的特務機構，和黑龍會玄洋社一類浪人集團，合作策劃，以軍火金錢僞情報爲餌，挑撥離間，製造助長中國的內亂鬬爭。從滿清政府到袁世凱、段祺瑞、張作霖、張宗昌、岑春暄等，到革命的元勛偉人名流烈士，幾乎大部分在玩弄運用之中。施之者揚揚得意，受之者毫無愧怍。如果把這些人同樣行爲照演於日本國內，那就是內亂叛國罪，應當處以死刑了。

近年來特別引人注意的，中東非洲有些不會造現代武器的國家，成爲購買使用現代軍火的重要主顧。他們的武裝對象常常是國內不同黨派或鄰國間的對峙，或自相殘殺。巴基斯坦的遊擊隊，日本的赤衞兵，到處刼機綁票，殺人放火，無所不爲，可是軍火有來源，包庇有處所，他們有他們獨自的道德含義，鬬爭目標。

古代人發現了銅山金穴，丹砂金剛石寶藏，可以獨佔利權，世代享受不盡。現代國家常把重要鑛山資源，定爲國有，限制少數人的獨佔和不正當利得。從這種觀念引申，少數產油國家，把世界性的能源，壟斷居奇，無限制漲價，使全世界經濟萎縮，不能認爲道德行爲。以石油狂漲的利得，買軍火準備小圈子的意氣戰爭，那才是悖入悖出，對於國民福利，世界和平都不會有好影響了。

習慣於國際暗殺陰謀的人，在某種情勢下，可以一轉而用於國內。習慣作國際販毒的人，不得已時，也可以找市場於國內。外交上欺騙背信，敲詐刼持，常常成爲國際戰爭的重要原因。習慣於外交上的權謀術數，縱橫捭闔的人，也很難不把他的特有智慧，不運用於國內政爭，同黨駕馭。斯大林在生前爲蘇俄的英明領導者，絕對權威，在死後遭到他一手培植的俄共黨徒嚴正鞭屍，甚至於連自己的女兒也有不少譏評。可見洗腦的作用，有一定限制，人類的良知理性，無法泯滅。現在蘇聯有索忍尼辛、沙克洛夫一流偉大哲人存在，也象徵着國際間的共同道德標準，終有一天會建立起來。

沒有人類愛正確世界觀的野心家、陰謀家二重人格者，無論有多大本領，不但沒有領導世界的資格，也不適於作一個國家的領導者，因爲他們可以把分裂世界的本事，用於分裂自己的國家，乃至於降低民族道德的總水準。

（一九七五年十二月五日紐約聯合日報）

國際婚姻的看法

跟隨世界交通的進步，文化的交流，不同民族的雜居，不同國籍種族間的結婚，人數逐漸增加，從人類永久和平的實現，大同世界的推進上說，應當算好現象。用和親來結束戰爭，本來是歷史上常有的事。中國所以構成一個大國族，漢滿蒙回藏苗各種人自由通婚雜居，要算一個重要條件。清初以公主嫁三藩嫁蒙古，混亂了民族的疆界畝㦤，清末袁世凱與那桐端方聯兒女親，也使漢人與滿人之間有了橋梁。

英國甄克思（E. Jenks）在二十世紀初年就指出：「世界歷史所必不可誣之事實，必嚴種界使常清而不雜者，其種將日弱而馴致於不足以自存。廣進異種者，其社會將日即於盛強，而種界因之日泯。此其理自草木禽獸以至文明之民，在在可徵之實例。孰得孰失，非難見也。（見社會通銓）」七十多年來，近血緣結婚的弊害，不同民族體質上智力能力上可以互相調濟改進的事實和見解，逐漸得到學理和經驗的證明。「神不歆非類，民不祀非族」的原始迷信，將逐漸歸於淘汰了。

荷蘭人對於印度尼西亞，法國人對於北非阿爾吉里亞，乃至意大利人對於阿比西尼亞，長時期經營，在交通上產業上文化教育上，都不能說沒有貢獻。如果從最初進入的時期有民族平等觀，不把當地人看作低一等的異類，主動鼓舞當地人和統治者的混血，幾百年的交融同化，當地早已出現了一種新民族，和歐洲去的人，雖不是同類，親戚關係總是割不斷的，衝突到你死我活，全部被驅逐出境，應當是不會有的。非洲許多地區所產生的民族鬪爭，根源實在一部分殖民主義者獨佔慾優越感。莫索里尼征服阿比西尼亞之後，下令禁止意大利人和阿比西尼亞人通婚，就鑄定了意大利人在當地永遠爲少數爲客帝征服者，隨時可以被驅逐出境。相反地明太祖在顚覆元朝統治之後，下令蒙古色目人，不得自爲婚姻，強制和漢人通婚，並率先娶擴廓拈木兒妹爲第二子秦王妃。因而在中國內地的蒙古色目人都逐漸變爲漢人的一部分了。

日本在明治初年，受過美國教育的文部大臣森有禮，高倡爲改良日本人種，要儘可能和外國人雜婚，因而爲國粹主義者嫉視憤恨，終至被刺殺。日本女子的熱心外嫁，卻和男性刺客表現不同態度，也使世界上另眼看日本人。英國的文學家小泉八雲中國哲人辜鴻銘都是寫書寫文章對日本特別有好感的，也都有日本妻子。在中日戰爭中，殷汝耕、湯爾和、周作人、方宗鰲、柯政和等人，都因爲有日妻之故，棄國向外，身敗名裂，可是蔣方震、陳其美、周建人、郭沫若等人，卻不會因有日籍妻子，影響到地位功名。戰爭結束以後，中國駐東京軍事代表團長二級上將商震，美國的海軍少將戴威斯，乃至美國的駐日大使賴世和都有了蝴蝶夫人，安田、小林淑子、松方春子等成爲日本艷說的花邊人物。影響所及，連頭號戰犯東條英璣的少女也嫁到國外，一位日本女記者至於說：「男人失敗在戰場的，女人要爭回在情場上。」的確，僑居臺灣的三十多萬日本人被遣送回日，嫁給中國人的扶桑姑娘們，卻堅定地固守崗位，地覆天翻，迎風展笑，影響到作到臺灣省敎育副廳長的丈夫拒絕發佈禁止使用日語令，理由是他自己的家庭先作不到，不能自欺欺人。藤田梓、鳥居綠子、吉田豐子等人，也許比她們的中國丈夫更活躍而在許多地方有名氣。

容閎和凱洛格結婚在一八七五年，開中美知識青年締婚的前河。一九四一年以後，中美因爲比肩作戰，同過患難，陳納德、林邁克、牟復禮、鄧林格夫婦等，從國家的聯盟，到兩姓的鴛盟，自始有一種偉大的理想抱負存在，也許和平常的婚姻不同。近年來在正常的學術鑽研裏。中美優秀青年合璧的文化家庭，初步調查，已有上百的數目，無疑問，這對於溝通東西文化，開創一種新社會風氣，會有好影響。這些國際婚姻的行列裏，可以發現孔子第七十八代孫女奉祀官孔德成的長女孔維鄂，前經濟部長吳鼎昌的兒子吳元黎，前哈佛大學校長的兒子浦家岷，前陸軍次長徐樹錚的孫女徐小琥等名門顯宦的後裔。據臺北地方法院公證處的非正式統計，從一九六一年到一九七〇年十年裏，共有一千九百二十三對中美情侶，在該處公證結婚。一九七〇年一年就有三百九十六對。當然臺北以外，乃至在美國的喜事，都還有相當數目。

這些婚姻裏，自然包含些速成的盲目的臨時的結合，而且有不少預見的離婚遺棄，子女失養失教的悲劇存在。所以國際結婚的光明面與黑暗面同時存在。

作家賽珍珠 Pearl S. Buck 女士曾把她的財產一千一百萬美元，成立基金會，專從事於救助被遺棄的不幸美亞混血兒。據一九七一年的資料，基金會所發現這種待助的混血兒韓國有一千五百，日本與琉球有三百，泰國有四百，菲律賓有三百五十，臺灣有三百，總數超過二千人。越南沒有設工作站，數目不詳，想像也許大部分包括在撤到美國的越僑之內。

國際家庭應該倡導國際文化，夫婦協同致力於不同民族的文化藝術生活交流，消極方面避免引起家庭破裂的言論行動，這樣子女才有光明理想路子可走。混血兒將來可以作爲東西文化的橋樑，給人類種種理想以遠景。歧視他們是一種偏見成見。

被遺棄的混血兒，是殘酷不幸戰爭的副產物。關係政府負有救助他們的責任。聯合國伸出道德和理智的手，使賽珍珠女士的義舉，發揚光大，產生實際效果，更是多數人的理想和希望了。

（一九七五年十二月廿七日紐約聯合日報）

看美國的小學國語課本

今年四月我來美國，參觀學校，研究語文教育問題，已到過舊金山、支加哥、底特律、哥倫布、布魯明頓、蒙西等地。按州說，包括了加州、伊利諾、鄂亥俄、密西根、印第安那等州。公私立大學看過七所，小學抽樣看過幾處。暑假以後，再到東北部看紐約、華盛頓、波士頓等地，希望產生一種鳥瞰式的印象。

旅寓多暇，把美國錦公司出版的一套小學國語教科書，共二十三册，細讀了一遍。這是頗負盛名，流傳很廣的教科書。把它和我國清末到現在使用的小學國文國語課本，乃至日本戰前戰後的國語讀本相比較，內容編法，自然有種種不同，可以引起多方面的感慨和啓示。我不想輕率地發表主觀的論斷，我以爲把這些外國課本，成套忠實地譯成中文，會有多方面的用處。

第一，可以作爲我國國語課本的參考觀摩資料。凡是一個現代國家，沒有不注意基本教育的。小學國語課本，常是教育哲學、兒童心理、兒童文學等智慧的結晶。作者競賽，精益求精，日新月異，代表一種文化水準。前些年，我國教育界有「國文」「國語」命名之爭，上下古今的比較多，縱橫中外的觀察少。因爲編輯研究小學課本的，不一定能讀外國課本；能讀外國課本的，不一定當作研究對象，更不一定有興趣於改編國內課本。空談理論動向和編法體例，也不能使人深切明瞭。如果擺出實際樣品，觀摩的範圍就擴大，應用就方便多了。這自然不限於美國的書，但從美國的書着手，不失爲當務之急。

第二，可以充實國內的兒童報刋。現在國內大報多半有兒童版附刋，國語日報更是主要以兒童爲對象。努力於兒童文學創作的人士，翻譯外國兒童文學作品的人也不少。無論哪一國，經過愼重選擇，編入小學課本的文字，常是最富有教育性，最精練而有示範價値的作品。選擇美國最流行的四五種課本，譯出精華，刋入兒童報刋，也會有高度的可讀性、新穎感。

第三，對在美華僑子弟的國語教育有用處。在美華僑子弟不能不以大部精力讀美國小學，以餘力在家庭或補習班補習祖國語文；卻因爲國語教材的實用性趣味性不足，常常格格不入。英文課本已經很有內容，圖畫新奇，引人入勝。國文課本尙在死記生字階段，常感艱難枯燥，鼓舞不起學習興趣，兩種教材更全無連繫。英語學得越多，母語使用的機會越少。有時兒童問父母，某字某事物某術語中文如何譯法，父母也說不上來，家庭用語就不能不逐漸洋化。如果有漢譯課文對照看，意義理解可以更清晰，父母或補習老師只教讀音就夠了。中英教材合而爲一，一定有事半功倍之效。譯文如登在舊金山紐約的中文報上，也許有相當讀者。

第四，對美國人學中國語文可以增加方便。中學生大學生開始學中國語文的，沒有不曾上過小學的。小學教材雖有變化，歷史、地理、社會、人物，選讀名文，總是大體相同。把他已經有的知識經驗，迅速與以另一種文字表達方式，學習會感到迅速而容易。中文教材裏譯講不來或譯講不正確的地方，就不會有了。用外國文表達自已所想表達的思想感情的能力，也比較容易養成。這種課文翻得好，會成爲華語學校主要參考讀物的一種。對照印，也可有助於國人學習英語。

第五，這種翻譯，期望有益於中美文化的交流。我國人看了對方的小學課本，可以知道他們一般國民是在如何陶冶之下成長；他們如何想，如何說，更可以知其所以然。伊索寓言，印度寓言，希臘羅馬神話，德國日本非洲民間故事，在美國國語讀本裏佔相當地位。他們如果一尋繹中國從古到今的小學教材，也許會發現另一個道德智慧源泉，大有可取之處，或許比針灸太極拳之類，更可注意。不過這不是我的重點所在，我願意到處永遠作學生，作學生是最便宜的事。

談到翻譯的標準，鑑於原文的文體，和讀者的需要，想用純正的口語，就是標準北平話。追求像朱自清先生所說的理想的白話文，也就是前些年我編古今文選時期翻譯古典所用的文體。既然說翻譯，當然以不刪不改爲最大原則。詩歌有聲音美，聲音趣，拼音文字在這方面更容易充分發揮；用漢字轉譯，等於穿着唐宋服裝學芭蕾舞，是十分困難的。然而兒童讀物放棄了這種特質，也就面目全非了。我向來是主張翻詩像詩，翻兒歌像兒歌的。課本裏沒有難懂的材料，有些兒童話、地方話，字典也許查不出，在當地就不難打問明白了。我們希望作到翻得正確，容易懂，保持原作趣味。圖畫是原書重要成分之一。錦公司的書二十三册，全部四千八百十五頁，圖畫佔了一半，而且大部分是彩色的。這在移植上，考慮到國內的印刷條件，就更費斟酌，我正找專家請教，尋求解決辦法。

美國的小學教科書，許多種並行。分量多，印刷精，價格也高。錦公司一套書就要美金六十元。一般小學課本由學校供給，視同校方財產之一種，學生不帶課本回家，所以一般家長看不到課本；學生用過的書也保持淸潔，絕無寫字塗抹情形，新生可以繼續使用。我的初步計畫，先蒐羅最流行的書，選譯精華，陸續發表。如得到敎育機構支持，解決了印刷問題，將全譯一兩種，以表現完整面目。這是一種繁重工作，我很想找合作的人，可是有的人作不了，有的人不屑作。無論如何，踽踽孤行是不會的，走走看，有朋友就踩出路來了。

在北平師大讀大學二年級的時候，有幾位同學在業師黎錦熙先生指導下，於當地創辦過一種石印的注音兒童報，由北平中華書局發行。那時沒有注音鉛字，所登文章各個字都要自己注音，手寫上石，非常辛苦。可是因爲編這個報，我卻是蒐讀了安徒生、格林、房龍、法布耳、伊林一類人的童話作品。寓言是兒童的恩物，從伊索到萊辛，到佛敎的百喻經，周秦諸子，乃至唐宋明淸人的創作都涉獵到了。因爲讀希臘神話感到興味津津，轉而彙輯我國神話的殘章斷簡，鈔成了三本長編。感謝上帝，這五十年前的筆記，竟自相隨到了天涯，連當年業師指導研究神話的幾封長信，竟也黏存完整。這些經歷，使我閱讀國語讀本，隨時如逢故友。牧羊童子因爲說謊騙人，羊被狼吃掉了這一篇，我在讀中國小學課本的時候就領教過。別府佐藤笛師一篇，法師商嫁老鼠姑娘故事，若干年前我在日本課本裏也看過。本書的編者，更注意蒐羅非洲、南美、澳洲、天南地北的故事，風土人情的介紹，處處表現「八紘一宇」「天下一家」人類平等的遠大襟懷，古今哲人的大同思想。這些書似乎打通了世界的兒童，去掉了人間不少障壁。蘇東坡的詩說：「老去返兒童」我和孫男孫女的「代溝」，也因爲讀這種書，曾經一旦交通了。

編兒童報時期，買得一册當年英國吉卜林新著的童話，查完了生字，想執筆翻譯，兒童話、地方話、英國印度的特殊風俗名物，隨時碰到障礙。當時的師友圈子，總有費盡力氣解決不了的問題。結果只有長歎一聲，放棄努力。現在我要翻的底本，當然比吉卜林的童話，更富有異國情調，只因我有地利人和的優越條件，茶前飯後，街頭巷尾，都可以釋盡疑團。因而也就增加了信心，怡然下筆了。孟子說：「大人者不失其赤子之心也。」明代的作家，有些人強調「童心」，我能輾轉表達外國童話的多少童心，當然也看能找回自己的多少童心了。這不是嶺上的白雲，「用以自怡悅，留贈素心人！」

一九七四年八月八日於蒙西市綠荆街

一、教孝的故事

我國十三經裏有一部孝經，主要講孝的道理，四書以外，要算經部最流行的書。續修四庫全書提要裏，所收清乾隆以後所出關係孝經的書，還有八十四部之多，可見影響的深遠了。教孝的故事書，漢朝劉向有孝子圖，收大舜、董永等故事。以後晉朝蕭廣濟著有孝子傳十卷，隋朝師覺授著有孝子傳八卷，有形形色色動人的故事。最流行的自然是元朝郭居敬所編的二十四孝，記大舜到黃庭堅等二十四人的感人行誼，似乎偏重在奇迹異聞。王祥、郭巨一類事，太不常見了，也容易使人覺得遠於事實。

臺灣中學教科書裏，有一篇陸隴其作的「崇明老人記」。崇明縣有一個浪蕩男人，嗜好狂賭，前後生了四個兒子，都從小賣給他人，不養不教。後來四子都艱苦奮鬪，成家立業。老人年過七十，還是出入於賭場。四子爭先恐後地，各自爲他送賭本。揣測陸隴其寫這篇文章的意思，一是闡揚性善，人不待教育而自知倫常，一是提倡純孝，「父可以不慈，子不可以不孝。」一般人的父母都勝於此，孝更是當然的了。有不少人不滿於這種片面的倫理觀，所以這篇文章在中學課本裏，二十多年來經過選用而又刪去，刪去而又選用的歷程。古今文選前五百期不收這篇文章，也代表我自己的看法。

宋朱壽昌有萬里尋親記，明黃向堅有尋親紀程、滇遠日記，清劉弘甲有萬里尋親錄。這些都是眞實故事，行爲根於性情，記述杜絕夸飾，經年累月，艱險備嘗，點睛處只是「骨肉團聚」。雖可以陶冶情操，卻不能引人入勝。

最近旅居新大陸，有機會看到錦公司出版的一套美國國語讀本，適用於小學六個學年，共二十三冊。出乎意外地，竟有不少敎孝的故事。人物是平平常常的，情節是家家可能有的；敍事，對話，揷圖，都能扣緊人心弦，敎你看起來，欲罷不能，不知不覺地深深感動。隨便舉幾個例子。

他們的課本，按程度分爲十五級。第六級有一課名爲「爺爺跟我」，用幼孫五六歲的口吻，寫他和祖父一起散步遊樂唱歌談天休憩的生活，像是祖父才是他最好的伴侶。體裁是兒歌，複沓多，聲音美，配上各種圖畫，充分表現出一種慈祥和樂氣象。遠比「含飴弄孫」，「彩衣娛親」等構想爲活潑爲高級而自然。

第九級有一課「祖父的農莊」，用孫子轉述祖父談話的口吻，一段一段敍述祖父祖母，在荒涼原野修建倉庫房屋，繁殖豬牛，耕種穀物的經過。以下說到狂風成災，倉倒牛病，如何搶救復興的情形。結束以冬季酷寒所遭遇的災害。祖父母是歷盡艱辛，頂天立地，百折不撓，創業垂統的英雄。這一册的後半部就配上一課「老人和孫子」，採自德國格林（Iacob Grimm）所編的民間故事。這本是一篇世界上有名的敎孝寓言，和「祖父的農莊」襯托在一起，就更覺有力量。

第十級有一篇「祖父與孫女」，寫一位老人，決心追上時代，學駕駛汽車，代替馬車，得到孫女鼓勵贊助，克服兒媳反對，善處機件故障，終得成功的事。這篇所啓示的一老人的深謀，和青年的前進，可以互相爲用。作者把祖父和孫女的「代溝」塡平，使他們合力向前，更具有深刻意義。

現在把上文說過的一首兒歌，一篇寓言，試譯中文，以供參考。

（一）爺爺跟我（美國 HELEN E. BUCKLEY 原作）

△爺爺跟我正散步，
慢慢溜達總不忙，
隨便走，隨便站，隨便看、
要走多遠算多遠。

△我看別人總是忙，
母親忙，走也忙，說也忙·
她們要你跟着忙。

△爺爺跟我總不忙，
隨便走，隨便站，隨便看，
要走多遠算多遠。

△父親忙，忙忙去工作，
忙忙回家來，
親你一下也忙忙。
△爺爺跟我總不忙，
隨便走，隨便站，隨便看，
要走多遠算多遠。
△哥哥姐姐也很忙，
跑去快，跑來快，
冷不防地撞上來。
他們帶你去散步，
小步總難跟大步。
△爺爺跟我總不忙，
隨便走，隨便站，隨便看，
要走多遠算多遠。
△事事忙，
小車忙，大車忙，

火車忙，渡船忙，
轟轟隆隆總是忙。
吹警笛，響喇叭，
冷不防裏把人嚇！
△爺爺跟我總不忙，
隨便走，隨便走，
隨便停，隨便看，
要走多遠算多遠。
△爺爺跟我回家來，
坐上搖椅好自在；
又得說，又得唱，
要想搖晃就搖晃。
坐到多久都不妨，
沒人催忙就不忙。

（二）老人和孫子（採自德國民間故事）

好久以前，有個老頭兒，他的眼睛已經看不清楚了，耳朵也有點聾了。他的兩膝總是顫抖着。坐在飯桌上，連湯匙也拿不穩，常常把湯灑在桌子上，有時候湯還從嘴角流出來。他的兒子和媳婦看了很厭煩。後來老人只好坐在爐後角上吃飯。她把給老爺子的一點兒飯菜，放在粗陶碗裏，老人常常吃不飽，眼淚汪汪地看着飯桌。有一天，飯碗從他顫抖的手裏滑下來，摔碎了。年輕的兒媳，說了些難聽的話，老人沒有答腔，只歎了一口氣。後來，他們就花了半分錢，買了個木頭碗給他用了。

有一天，大家閒坐着，四歲大的小孫子找了幾塊零碎木頭放在地上。「你在幹什麼呀？」孩子的爸爸好奇地問。小孩子說：「我正在做小木碗，等我長大了，好給爸爸媽媽吃飯用。」兒子跟他媳婦，互相對看了一會兒，接着哭了，他們把老爺攙到桌上，以後就永遠跟他老人家在一起吃飯了。偶爾從老人顫抖的手上灑了東西，也不再說什麼了。

以上提到的四篇故事，和孫女共同開車的祖父，自然是比較年輕的，他還在追趕時代的車輪，帶着孫女前進。與會淋漓回憶農莊創業的祖父，老了一些，還是受兒孫敬愛。牽孫散步的祖父更老了，「從容養餘日，坦蕩無所求」，也還是在家庭有用，垂髫偕黃髮，怡然樂性天。格林的木碗故事，反映了德國人當年的窮。現代的美國人，家具多，食品多，住房多，大小家庭調濟的方式多，那樣寓言也許只供人一笑，或驕傲地感到「我們不會如此」罷了。屢次聽見人說：「美國是老年人的地獄。」因而猜想他們的倫理教育上，也許缺乏什麼。從國語課本所看見的，教育精神是很健全的，不可以根據少數事例，輕下結論了。

二、老鼠和法師

有一位會變戲法的魔術師，從鷹的爪子裏救出了一隻老鼠，把她變成了一位年輕小姐。他看她美得了不得，想把她嫁給世界上最有權威的。他就跑到太陽那裏說：

「太陽啊，您在天上，比誰都有權威，我把這位小姐嫁給世界上的最高權威者吧！」

「法師，您錯了！」太陽說：「雲彩比我更有權威。無論什麼時候，他要過來，就遮住了我。您還是找他打主意吧。」

於是，法師就跑到雲彩那裏說：

「雲彩啊，您在天上比誰都有權威，把這位小姐嫁給世界上的最高權威者吧！」

「法師，您錯了。」雲彩說：「風比我更有權威，他想把我颳到那裏，就颳到那裏。您還是找他打主意吧！」

於是法師就跑到風那裏說：

「風啊，您在天上比誰都有權威，把這位小姐嫁給世界上的最高權威者吧！」

「法師，您錯了。」風說：「山比我更有權威，他一動不動，就把我變成了雨。您還是找山打主意吧！」

於是法師就跑到山那裏說：

「山啊，您在地上比誰都有權威，把這位小姐嫁給世界上的最高權威者吧！」

「法師，您錯了。」山說：「森林中的老鼠，他能在我身上打窟窿，比我更有權威。您必須去找他去吧！」

於是法師去找到林中的老鼠說：「老鼠先生啊，娶這位小姐吧，因爲在世界上像是沒有比您更有權威的了。」

「我要娶。」林中的老鼠說：「可是他怎樣能走進我這小洞口呢？」

「像這樣！」法師說着，他把這位少女變回了她原來的樣子——一隻老鼠。

〔附註〕這故事原係印度寓言，美國 Norah Montgomerie 改寫，編入錦公司所出版美國國語課本第九集「天空與飛翼」（二六三頁）中，據以譯出。

明朝劉元卿編的「應諧錄」（明末刋雪濤諧史本，又見陶珽編續說郛四十五第一六五册，清順治二年刋）一書中，有「貓號」一篇，似係從印度寓言脫化而出，文云：

齊奄家畜一貓，自奇之，號於人曰虎貓。客說之曰：「虎誠猛，不如龍之神也。請更名曰龍貓。」又客說之曰：「龍固神於虎也，龍升天須浮雲，雲其高於龍乎，不如曰雲貓。」又客說之曰：「雲靄蔽天，風倏散之，雲固不敵風也，請更名曰風貓。」又客說之曰：「大風飇起，維屏以牆，斯足蔽矣。風其如牆何？名之曰牆貓可。」又客說之曰：「維牆雖固，維鼠穴之，牆斯圮矣。牆又如鼠何？卽名曰鼠貓可也。」東里大人嗤之曰：「噫嘻！捕鼠者固貓也，貓卽貓耳，胡爲自失本眞哉？」

日本太宰純於清乾隆中著「產語」一書，書內皐賓第六篇，改寫貓號故事，原文如下：

梁人有畜貓者，命曰家虎。客問其故，對曰：「吾貓善捉鼠，捷如掣電，未嘗失之。物莫猛於虎，故以命之也。」客曰：「虎則猛矣，孰與龍之神也？」曰不若，因更名曰神龍。又有一人問其故，主人答以所以更名。客曰：「龍雖是神矣，不得雲則弗能升降於大淵。是龍之所以神者，雲也，不若命之曰騰雲。」主人曰諾。又一人聞之，告主人曰：「雲固能令龍升降於大淵也，然烈風一掃之，則散而失所。是雲之靈，不及風之力也，盍命曰烈風。」主人曰諾。又一人謂之曰：「風之力多矣，且能行矣，然有高牆障之則止。是牆之力多於風也，請更名曰高牆。」主人曰善。又一人曰：「牆誠風之所不能過也，然有羣鼠穴之則毁。是鼠者，牆之所畏也，故不若更名曰羣鼠。」於是主人笑曰：「止，無復言。吾固知之，捕鼠者，貓也，羣鼠何能勝貓？吾所以命之過矣。鄉也客之言徒謂我耳，吾其直以貓呼貓。」

三、請　帖

安南洗走着下鄉的路，她是從學校回家去。她拿着紅紙裁成的帖子，印有校舍畫圖，寫着：

「請來看我們的展覽會，星期六下午兩點正，在靜橡學校。」

米琪兒拉住了她，她和安南洗都在二年級，她們住的很近，常常一起回家。她看見安手裏的東西，就問：「是我們展覽會的請帖吧？」

「是的。」安說。

「您要怎麼辦呢？」米問。

「我知道我想怎麼辦，」安說：「我想把它扔過去。」

她現着很稀奇的樣子。米問：「爲什麼？」安南洗說：「因爲那是給皮夏木婆子的請帖，就是爲這個。……老師說，我們該請她，因爲她是新搬來的。我回家路過她的房子，因而我不能不給她送請帖，還要向她說明展覽會的情形。」安作了一下鬼臉。

「您不喜歡她嗎？」米琪兒問。

「我不喜歡她。」安南洗回答。

「可是您連認識也不認識她，您認識她嗎？」米問。

「我認識夠了她，」安南洗說：「上月我走過她的農莊，我想要看一匹小馬，走近了，那匹小馬拴在一棵蘋果樹下面，我正要摸摸小馬，恰好皮夏木婆子跑出來，她擺着手說：『不要，不要摘那些果子！』」

「您不是去摘，您是？」米琪兒問。

「自然我不是。」安說：「我告訴她，我不是，就跑回家了。」

「那麼，您現在不能不再去了。」米琪兒說。

「是的。」安南洗說：「我不知道老師爲什麼不能找別人去。」

她們來到皮夏木婆婆的農莊，那是一所小莊院，樹差不多遮住了房子，小路通到住房。米琪兒等着安南洗走下引路。房子很安靜，她在門廊口站了一下子，沒有按門鈴，把請帖放在門前，點着脚尖出來了。

安回到路上說：「這裏……我留下了請帖。」

「她不在家嗎？」米琪兒問。

「我不知道。」安南洗說。

「我想您是打算給她送請帖的，」米琪兒說：「我想您是打算向她說明展覽會情形的。」

「我是。」安南洗說：「可是我不要她出來向我喊叫。」

她們走上了路，米琪兒問：「您不是答應了老師，在她那裏停一下，向皮夏木婆婆說明展覽會情形嗎？」

安南洗把脚步放慢了。她說：「我是答應了，我還是回去一下好些。」

米琪兒說：「我陪您回去。」

她們回到皮夏木夫人的農莊，她們走下了小路。安留下的帖還在那裏。她檢起來，叫門，米琪兒立在她旁邊。

一位矮瘦的老婆婆開了門，她把頭歪在一邊，像鳥雀似的，看着她們倆。

「我給您帶這個來，皮夏木夫人。」安說着，把請帖遞過去。

皮夏木夫人拿過來說：「沒有眼鏡，我沒法子看。」

「這是份請帖，請來看我們學校的展覽會。」安南洗說：「我們要有一次藝術展覽，音樂表演，還有體育競賽。」

「你是不是有一天來看過我？」皮夏木夫人問：「是不是我還沒能跟你談話，你就跑遠了？」

「我——我沒想您要我留在這裏。」安南洗說：「您想我是要摘您的蘋果，可是我不是，我只要看看小馬。」

「你沒有摘蘋果嗎？」皮夏木夫人說：「那很好，我是怕你吃一些青蘋果，會鬧胃痛。沒有比吃青蘋果的胃痛更難受的了。現在蘋果成熟了，你倆何不摘些來吃？」

「謝謝您，我們要嘗嘗……」米琪兒說。

她繞過房子，到了蘋果樹下，滿枝掛着又大又紅的蘋果。樹下邊是小馬。馬的兩胯很肥，棕色的皮毛映着陽光發亮。

「啊，他眞美！」安南洗說。

「他的名字是撒寞，」皮夏木夫人說：「你要騎他嗎？」

「我們能？」安南冼說。

「是的。」皮夏木夫人說：「只要你騎上去，撒寞就知道該怎麼走。」

米琪兒幫着安南冼騎上小馬的背，小馬繞着蘋果樹快走，他跑了兩個整圈才停下來。米琪兒換班上去，也跑了兩圈。

「我常在城裏養着馬，」皮夏木夫人說：「我常在園子裏跑馬，給青年男女們騎。可是我的風濕病加重了，不能幫青年男女們上來下去了，我就賣了所有的馬，只留下撒寞。他是我最喜歡的。我來鄉間住，只能帶他跟着我。」

「祝福您的風濕病快好。」安南冼說：「您有興會來看我們的展覽嗎？」

「在鄉下，我好多了。」皮夏木夫人說：「如果我要去看展覽，撒寞也能去嗎？我想他好久丟開青年男女們了，他需要練習。你跟你的朋友們也可以自由騎騎。」

「那眞是太好了！」安南冼說。

「問你們的老師，她對這意見怎樣看。」皮夏木夫人說：「讓我知道她怎麼說。」

「我們老師會喜歡這樣，」米琪兒說：「她不能不喜歡。」

「啊，」皮夏木夫人說：「你們怎麼不摘些蘋果吃？」

於是，她們摘了些蘋果，坐在樹下邊吃。

「這像一次野餐，」安南冼說：「這裏，撒寞，來一起野餐吧！」

接着，小馬一直來到她們坐的地方，參加了野餐，他也吃了一個蘋果。

（選譯自錦公司出版美國小學國語課本第八級：「現在是怎樣？」）

四、聽聽貓頭鷹

貓頭鷹家學聰明，
　靜坐凝神好先生。
天下智慧只您有，
　這話是眞我不爭。
提出問題求指教，
　回答愼重又眞誠。
一句告君君須記，
　自己想出才算行，
氣滿胸膛受欺騙，
　空來空去難爲情。
聽他徜徉叫朋友，
　好話不說第二聲。

五、三層天

（美國 Bent Malling 原作，收入錦公司編美國小學國語課本第十五級第一二八頁「問題」。歐美人傳說中以貓頭鷹爲智慧的鳥。）

世界上有三層天，
白雲高時看灰天，
飛機衝過白雲層，
無邊長空晝蔚藍。
火箭鑽出藍天上，
晝夜只有烏黑天。
過了黑天有誰知，
第四天等新飛船。

六、彩虹盡頭

（美國 Claudia Lewis 原作，收入錦公司編美國小學國語課本第九級第一四七頁「天空和飛翼」。）

彩虹盡頭哪裏找，
兄弟走向寬寬道。
只要是歌都會唱，
只要合唱兄弟好。
雖然你白我不白，
分唱可是不自在，
只因不知有同調。
說是難學就難學，
你我能學都能學，
沒有一調是黑調，
沒有一調是白調。
只有音樂是音樂，
我們要唱眞音樂，
彩虹盡頭唱個飽。

（美國 Richard Rive 原著，收入錦公司出版美國小學國語讀本第十二級第三七九頁「在邊緣上」。）

（國語日報雙週刊書和人第二四八期，六十三年十月二十六日印）

國語文學與方言文學

從清末到民國初年，中國有兩種革新運動。一是國語運動，目的在配合全國政治產業交通軍事的現代化，普及一種標準語，在「書同文」之外，實現「語同音」，加強國族的團結，奠定民主代議政治的基礎。爲了實現語同音，制定一種注音符號，統一漢字的讀音。爲了使文字學習容易，所以倡導言文一致。這種源遠流長的國語運動，到民國六七年間，和新文藝運動合流。當時新文藝運動主要主張是：一推倒雕琢的阿諛的貴族文學，建設平易的抒情的國民文學。二推倒陳腐的鋪張的古典文學，建設新鮮的立誠的寫實文學。三推倒迂晦的艱澀的山林文學，建設明瞭的通俗的社會文學。這些主張無非是要文藝對民主國家服務，對多數國民服務，文藝從少數人手裏，成爲大衆的，從割據封建的狀態走向統一平坦的大路。胡適之先生提出「國語的文學，文學的國語」的口號。國語的文學是說，文學的寫作要以標準的活語言爲基礎，主張：1.要有話說，方才說話。2.有什麼話說什麼話，話怎麼說，就怎麼說。3.要說我自己的話，別說別人的話。4.是什麼時代的人，說什麼時代的話。結論是「簡單說來，自從三百篇到如今，中國的文學凡是有一些價值，有一些生命的都是白話的，或是近於白話的……中國若想有活文學，必須用白話，必須用國語，必須做國語的文學。」文學的國語是要以文學的力量提高國語的質，擴大國語的量，使着國語的表現力更強，包容性更豐富，文法上更緜密，修詞上更美化。所以國語的文學，包含有現代的，進步的，大衆化的，實用的種種意義。這是一種新文學運動，也繼承了中國文學史上求合理，求眞善美的整個傾向。

我以爲現在的國語運動，就是古人的雅言運動。章太炎先生「論語言文字之學」說：「古無韻書，卽以官音爲韻書。今之官音，古稱雅言。論語，子所雅言，詩書執禮，皆雅言也。雅言者正言也；謂造次談論，或用方音，至於諷誦詩書，臚傳典禮，則其言必一出於雅正。……田夫野老，或用方音，而士大夫則無有不知雅言者，故十五國風不同，而其韻部皆同。」這種雅言教育，雖然僅是一部分人的教育，然而流行的範圍，似乎很廣。周景王元年（西曆紀元前五四四年，左傳襄公二十九年）吳國的公子季札，出使到魯國，能夠理解欣賞批評十五國風，可見季札是受過這種雅言教育的。孔子說：「不學詩，無以言。」誦詩三百，才可以專對，才可以作外交官。春秋戰國時代，奇才異能之士，奔走遊說，例如商鞅與秦孝公面談，墨子與公輸般、楚王面談，孟子與梁惠王面談，蘇秦、張儀遊說許多國，都沒有用翻譯的迹象，可見雅言教育是很普通的了。古今的音雖然有變化，變化也是有條理的，所以用國音讀兩千五百多年前的詩經，韻文還是韻文。音調鏗鏘的還是音調鏗鏘，叶和之美，並沒有失掉。詩經裏面的聯緜詞，如參差、踴躍、窈窕、輾轉、依依、赳赳之類，成語如「高高在上」（出周頌敬之）、「戰戰兢兢」（小雅小旻）、「衣裳楚楚」（曹國蜉蝣）、「愛莫能助」（大雅烝民）等等，現在還活在一般人的嘴裏。可以知道現在的國語（北平話）和春秋戰國時代的雅言，乃至上溯西周的雅頌，是一脈相通的，就是華夏民族的中原正聲，是極富歷史傳統，而又活潑新鮮的語言；來路既正，又富於包容性實用性的語言。爾雅、小爾雅、廣雅、駢雅一流書，始終爲中國訓詁書的中心。雅者正也，宜也。荀子說：「約定俗成謂之宜，異於約謂之不宜。」齊梁是文學上駢儷盛行，唯美思想澎湃時代。大宗師沈約卻主張「文章當從三易，易見事一也，易識字二也，易讀誦三也。」大批評家劉勰在文心雕龍練字篇說：「先王聲教，書必同文，輶軒之使，能言殊俗，所以一字體，總異音。」又說：「自晉來用字，率從簡易。時並習易，人誰取難？今一字詭異，則羣句震驚，三人弗識，則將成字妖矣。」可見沈約劉勰對於語言文字的統一性大衆性通俗性，都有相當深入的理解。

從大形勢上看，我國的方言文學很不發達。古代傳下來的純方言作品，數量無多，有些作品句讀意義都不明瞭。說苑善說篇記有越女櫂歌，據說是楚國的王子鄂君子晳乘船在越溪遊耍，船家女擁楫而歌，歌的是越音，原詞如下：

濫兮抃草濫予昌枑澤予昌昌州州焉乎秦胥胥縵予乎昭澶秦踰滲堤隨河湖

鄂君聽了，全不能懂，教人譯成楚國話，全文是：

今夕何夕兮，搴舟中流。今日何日兮，得與王子同舟！蒙羞被好兮，不訾垢恥。心幾頑而不絕兮，知得王子。

漢字本質上是表義的符號，寫方言的時候，不能不有一部分字用作標音的符號，用以標音的字自然是讀當地方音，而其表義的本質，又不能去掉，表義表音，兩相攙混，自然不是當地當時當事的人，就無從索解了。今傳的漢鐃歌郊祀歌等不可解的，多半由於這種原因。不必說這些較古的作品，明朝人的歌詞，如徐渭四聲猿中狂鼓史漁洋三弄劇女唱：

那裏一個大鵜鶘呀，一個低都呀，一個低都變一個花豬，低打都，打低都，唱鷓鴣呀。一個低都呀，一個低都唱得好時猶自可呀，一個低都呀，一個低都不好之時，低打都，打低都，喚王屠呀，一個低都呀，一個低都。

全歌情義，也是不容易理解的，問題也在聲詞義詞方言混雜在一起。

在方言文學裏，楚辭自然是成就最高，影響最大的。黃伯思翼騷序說：「作楚聲，書楚語，記楚地，名楚物，故謂之楚辭。」楚辭是楚地的方言文學，和中原雅言詩經，大有區別。然而屈原在齊國作外交官很久，久住臨淄，吸收雅言，接受詩經教育，把鄉土文學的特質，和北方雅言融合起來，以使這種方言文學品質提高，可讀性適應性擴大，是事所必然。比較詩經楚辭的語彙，也可以得到證明的。後來楚人陳涉、項羽劉邦等起兵滅秦，出現一個楚聲遍天下的局面。

北人如賈誼張衡等也學作楚聲。王逸作楚辭注，使着楚語的流傳更爲廣泛。然而班固漢書的賈誼傳，引鵩鳥賦把許多「兮」字刪去，可見北方人還是看不慣這些楚語特徵的。以後楚音助詞「兮」「些」「只」等，文人還是並不習用。楚辭的特殊句法，把主要副詞提到句前的形式，如「紛吾既有此內美兮」，「汨予若將不及兮」，「沛吾乘兮桂舟」，「表獨立乎山之上」，以後在語言文章裏，也不流行。東漢以後，湖北湖南一帶人士，所寫的各種文章，缺少楚詞那樣用語文法的特徵，也沒有新的文法特徵。明代所謂公安派詩文，以公安人三袁爲中心，標榜性靈，反對擬古，卻看不出有什麼方言成分。所以楚辭這種較近方言的文學，雖然曾經鬨動一時，結果還是爲正統的雅言作品所壓抑。所謂「杜詩韓文無一字無來歷」，無非是夸張他們用字用詞的雅正傾向。作家要避免專輒造字，避免自我作古地用土話，無形中成爲方言文學的大障礙。

西漢末年，楊雄有輶軒使者絕代語釋別國方言十三卷的編纂，算是大規模記錄方言的第一部書。後來有不少人補充注釋。地方志也常有專篇記方言。直到清末，還有章炳麟著新方言十一篇。他們的重點在表現儒者的博通。尤其喜歡以古訓與方言比附。記方言的方法，始終沒有進步，完全用方言寫書的風氣，更沒有形成。現在閩南語粵語蘇州語等，雖然有些唱本鼓詞通俗故事等小書存在，在整個文學史上看，論量論質，都無足觀了。海上花，九尾龜等長篇煙花小說，寫妓女對話用蘇州話，記事敍述還是用普通話，不能算純方言小說。

因爲我們始終沒有研究出一種用漢字寫方言的良好辦法，方言文學的傳遠遺後都成爲問題。

又因爲雅言潮流的壓抑，方言文學難以進步。因此我國有不少方言，成爲缺乏文學遺產，甚至缺乏文字記錄的存在。凡是一種語言文字，如果不包括高級文化智慧的記錄存在，都是容易消失的。鮮卑語契丹語女眞語蒙古語的滅亡或萎縮，決不是因爲那些民族跟漢人雜居交通的結果，而是因爲那種語文裏缺乏了文化，加意保留，沒有什麼大用處，迅速克服漢語文，反而是一種權利。我國歷史上小區域的方言，不知道早已消失了多少。左傳宣公四年記：「楚人謂虎於菟」。方言：「虎或謂之於䖘。」郭璞注：「今江南山夷呼虎爲於䖘，於音烏。」幾十年來，我所碰見的楚人，江南人就沒有聽到看到過把老虎叫於菟或寫烏菟的事。小區域的家鄉話，實在是山環水阻所產生的結果。當初也許還有故意樹立語言障壁，以保秘密策安全的作用。我們看盲人社會乞丐社會某種商業社會，各自有其獨自使用的黑話行話符號話，就可以滲透某種土話的特殊性質。交通越進步，人類活動的範圍，越來越大，人際關係越來越複雜，方言壁壘就害處多利益少了。

用現代科學方法，調查方言，記錄方言，研究方言，當然是有益有用的。因爲強調用活語言，重視文學的地域性，想彌補中國文學史上方言文學的缺陷，一定會費力多而成功少，這和歷史上的雅言教育是背道而馳的，和近代的國語運動，五四以來的文藝革新運動，也是相反的方向。

「天下烏乎定？定於一。」西元前二二一年（秦始皇二十六年）中國實現了「書同文」，奠定了中華國族兩千多年統一的基礎。民國二年到民國二十一年，經全國學人專家審愼抉擇，國民政府明令確定了「語同音」，這是爲中國的現代化，迎頭趕上世界文化，開闢了坦途。國語裏鎔合了一切方言的精華。文學作家們，以現代標準語爲依據，是着眼乎大，取法乎上，通今而又暗合於古。

（文壇一四四期）

詩歌的情調與聲音

人類因爲發音部位的不同，有喉舌齒唇牙五音的區別，因爲表現喜怒哀樂好惡欲七情的差異，形成種種的語言。文字是寫語言的，語言代表情調，文章也有種種情調。抒情文韻文的聲音，更與情調有密切關係。「談歡則字與笑並，論慼則聲共泣偕」，成功的詩歌，所用的聲音和詩的情調是一致的協調的。

唐朝朱慶餘有一首詩：「洞房昨夜停紅燭，待曉牀前拜舅姑，妝罷低頭問夫婿，畫眉深淺入時無？」「無」「姑」「燭」都是圓唇的合口呼音，全詩表現一種低聲細語，嬌羞親膩的情調，極合乎新嫁娘所用的聲音。

牡丹庭傳奇寫少女杜麗娘的遊園唱詞是：「你道翠生生出落的裙衫兒茜，艷晶晶花簪八寶塡。可知我一生兒愛好是天然。恰三春好處無人見。不提防沈魚落雁鳥驚喧，則怕的羞花閉月花愁顫。原來姹紫嫣紅開徧。似這般都付與斷井頹垣。良辰美景奈何天，賞心樂事誰家院。朝飛暮卷，雲霞翠軒，雨絲風片，煙波畫船，錦屏人忒看的這韶光賤。徧青山啼紅了杜鵑，荼蘼外煙絲醉輭。牡丹雖好，他春歸怎占的先？閒凝眄，生生燕語明如剪，嚦嚦鶯歌溜的圓。」杜麗娘的聲音，是爽朗的清脆的，尖新的圓轉的，充滿了少女的生之歡欣與躍動。「茜」「先」「賤」「剪」等尖音，打動耳鼓，「見」「喧」「顫」「塡」「徧」「輭」「圓」等字，音和義同樣是響亮生動的。

宋代女詞人李清照有一首聲聲慢詞：「尋尋覓覓，冷冷淸淸，悽悽慘慘戚戚。乍暖還寒時候，最難將息。三盃兩盞淡酒，怎敵他晚來風急。雁過也，正傷心，却是舊時相識。滿地黃花堆積，憔悴損，如今有誰堪摘？守着窗兒，獨自怎生得黑？梧桐更兼細雨，到黃昏點點滴滴，這次第，怎一個愁字了得！」這首詞是她寫晚年流亡寡居，煢獨寂寞的淒涼生活，全用低沉短促的入聲韻，如怨如慕，如泣如訴，餘音裊裊，不絕如縷，幽咽奄抑，有氣無力，「息」「急」「滴」「得」等字，想高聲吟都張不開口。自然把入聲字全改從標準國音讀，未免稍微感到聲音和情調不完全相合。

蘇東坡有一首膾炙人口的詞水調歌頭：「明月幾時有，把酒問靑天，不知天上宮闕，今夕是何年？我欲乘風歸去，只恐瓊樓玉宇，高處不勝寒。起舞弄淸影，何似在人間。

轉朱閣，低綺戶，照無眠，不應有恨，何事長向別時圓？人有悲歡離合，月有陰晴圓缺，此事古難全。但願人長久，千里共嬋娟。」這首詞東坡自註說：「丙辰中秋歡飲達旦，大醉，作此篇，兼懷子由。」丙辰是神宗熙寧九年，時東坡年四十一，正在山東密州（高密）作知州，風平浪靜，不忙不閒，遇到中秋佳節的良辰美景，感到生活勝過了神仙，淺淺寂寞僅在好兄弟千里相望，所以歌聲是和樂的閒適的，清平雅淡的。水調歌頭的用韻，和杜麗娘的歌詞用韻，不謀而合。少女遊春，情思蕩漾，冥懷伊人；名士對月，眷念昆弟，神魂飛越；同是席豐履厚，國恩家慶，逸致閒情，表現為水流花放，玉潤珠圓的腔調，韻律相近，就不是偶然的了。

南宋辛棄疾有一首賀新郎詩（別茂嘉十二弟）：「綠樹聽鵜鴂，更那堪鷓鴣聲住，杜鵑聲切！啼到春歸無尋處，苦恨芳菲都歇。算未抵人間離別。馬上琵琶關塞黑，更長門翠輦辭金闕。看燕燕，送歸妾。將軍百戰身名裂，向河梁回頭萬里，故人長絕！易水蕭蕭西風冷，滿座衣冠似雪。正壯士悲歌未徹，啼鳥還知如許恨，料不啼清淚長啼血。誰伴我，醉明月。」劉過龍洲詞中有送辛稼軒弟赴桂林官沁園春詞說「三齊盜起，兩河民散，勢傾似土，國泛如杯。猛士雲飛，狂胡灰滅，機會之來，人共知何為者。望桂林兩去，一騎星馳。」又說：「入幕來南，籌邊如北，翻覆手高來去棋」，似乎茂嘉是為光復大計，南北奔走的稼軒志士團的一人。他們有說不完，不能說的多少國讐家恨，用吞吐迂迴，隱比象徵的表現法，所舉每一件歷史故實，都可以供給許多聯想，說的是古人，比的是今人。長門翠輦辭金闕，是說昭君出塞，也可以想到靖康年間，集中青城，成千的宋朝妃嬪公主，被俘北上。看燕燕送歸妾，是說衞莊姜送歸妾，也可以想到宋金議和，高宗母韋妃南來。將軍百戰身名裂表面是說李陵，內心自然是為抗金殉國的山東耿京一般志士痛哭。「向河梁回頭萬里，故人長絕」，蘇武李陵的悲哀，自己的悲哀，舊友舊部的悲哀都包括在內。稼軒詞不能免於怨，他的身世感觸，又如何能不怨。這首詞用入聲屑韻，「切」「歇」「別」「闕」「裂」「絕」「雪」「血」等字，聲音是短促低沉的，如裂帛，如隴頭流水，如豫讓晨嘯，嗚咽、哽噎、鬱結裏有熱烈、雄傑、奇譎、異節的蘊蓄在內。賀新郎和聲聲慢都是日暮途窮，凄楚絕望的情調。賀新郎的作者能「醉明月」，聲聲慢的作者連醉的決心和力量也沒有，同是「弦弦奄抑聲聲思」，情調聲音也就略為不同了。

邱園的虎囊彈山門一折，寫隱名佛寺的豪士魯智深，因醉酒打鬧，犯了清規，觸了衆怒，被師傅智眞長老斥革出寺，臨去唱的一段：「漫灑英雄淚，相隨處士家，謝您慈航剃度在蓮臺下，罷，沒緣法，轉眼分離乍，赤條條來去無牽掛，那裏討煙簑雨笠捲單行，一任俺芒鞋破鉢隨緣化。」意思是伉爽眞率的，聲音也就豪放響亮，如虎嘯獅吼，如驟雨傾盆，如蒼鶻沖天，使我們活見一個頂天立地，衝破一切網羅的草莽英雄氣概。

文學的聲音美是一個謎。從沈約的四聲八病論，到劉勰文心雕龍的聲律篇，到唐宋人的絕句律詩研究，到各種詞律曲律探討，到近人唐鉞的「音韻之隱微的文學功用」、「八病非病論」等文（見國故新探，商務印書館出版），無非是想揭穿聲音美的奧秘。現在流行的自由腔新詩，璇璣圖式舊詩，理論上恢復到鐘嶸作詩品時的聲律見解。技巧上幾乎回轉到詩經以前的最原始時代。我是詩歌的愛讀者，也喜歡把百讀不厭的前人名著，比較揣摩，記出些感想。姚鼐說：「神理氣味者，文之精也；格律聲色者，文之粗也。然苟舍其粗，則精者亦胡以寓焉？學者之於古人，必始而遇其粗，中而遇其精，終則御其精者，而遺其粗者。」王驥德談曲律，以爲東鐘洪，江陽皆來蕭豪響，歌戈家厖和，寒山桓歡先天雅，庚青淸，尤侯幽，齊微弱，眞文緩，支思萎。周濟論詞韻，以爲東眞韻寬平，支先細膩，魚歌纏綿，蕭尤感慨。也許都有一部分根據。趙翼在甌北詩話裏，根據杜工部白香山吳梅村的長詩，暢論韻隨情轉的實例，更是明確可信。寫到這裏，友人荊門居士來舍間，看了題目就諷刺我說：這樣一把年紀，還談最粗最淺的事。然而詩聖不是說過麼，「老來漸於詩律細」，只慚愧我說不到細處罷了。

（文壇第一五六期，六十二年六月刊）

評「歷代女子詩集」

中國古代因爲男女敎育機會不平等，又因爲「女子無才便是德」一類思想的影響，所以婦女作家數量很少。就是有作品，也不容易流傳。詩經三百零五篇，謝无量氏指出了十六篇是女子之作。其中比較可信的，不過莊姜、許穆夫人、宋襄公母等數人。楚辭裏沒有女子作品。漢書藝文志詩賦略裏，凡著錄詩賦一百零六家，一千三百一十八篇，明白可以確定是婦女作品的幾乎沒有。崔豹古今注，以樂府相和歌辭「陌上桑」爲邯鄲女名羅敷者之作，或在邯鄲河間歌詩四篇中，從內容上語氣上看，也不無問題。

近人胡文楷以二十年的精力，輯「歷代婦女著作考」，從漢魏到清末，共收三千七百多人。而其中從漢到明末，僅有二百三十八人，其餘都是清朝人。崇明施淑儀女士於民國十一年編印「清代閨閣詩人徵略」，共收一千二百多人。這些女作家的作品，流傳很少，蒐求困難。如果有人博訪愼擇，彙集英華，成爲一部書，使一般人容易看見，眞是非常需要，而且功德無量的事，也會有相當廣大的市場。

臺北廣文書局於民國六十一年五月印出一本「歷代女子詩集」，題趙世杰、朱錫綸輯評。內容分爲八卷。起首是趙世杰草書序。卷一爲古歌，有皇娥的清歌，西王母的天子謠；卷二爲五言古詩；卷三爲七言古詩；卷四爲五言絕句，附六言雜詩；卷五、卷六爲七言絕句；卷七爲五言律詩，附五言排律；卷八爲七言律詩，附七言排律、雜體詩。所收的作家，從太古到明末。還收了明萬曆中朝鮮女子許景樊。書中每卷都記有參訂人，錢塘籍的有王均、張煥如、曹璜、許肇登、鄭藻，仁和籍的有邵國鏡、于之英，蕭山人有黃辰勷。

因爲版權頁印有六十一年五月初版，及「版權所有，翻印必究」字樣，很容易被人認爲這是一部新書。略一翻看內容，才知道這本書原來是明末刋行的「古今女史」的部分翻版。

「古今女史」二十卷，有明末崇禎元年（一六二八）刋本，民國十七年上海掃葉山房石印過，原書題武林趙世杰問奇選輯，仁和江之淮道行參訂。前邊有仁和朱錫綸序，還有錢受益、趙如源、周大紀、趙世杰序文。正文前附古今女史姓氏、字里、詳節，就是所選詩文作家的略歷。原書爲文集十一卷，詞一卷，詩八卷。廣文書局本删去了文、詞、作者略歷、和大部分序文，改書名爲「歷代詩集」。可是趙序說：

「蓋擬之瓶史之僅寳一枝，酒史之潮紅兩頰，諸史之博資歡笑，大有徑庭也。異日有修彤史者，不至揣摩於寤寐中，而取之縑緗，以振騷雅之遺音。……故亦名之曰史。」還殘存了古今女史命名的原委。只看翻印本而未看原書的，就會感到莫知所云了。

趙氏原書大體是就明朝人田藝蘅所編的「詩女史」十七卷改編而成。田藝蘅，字子藝，錢塘人，以歲貢生官休寧訓導，博學善屬文；多聞好奇，比之楊愼；朱衣白髮，斗酒百篇，又似謫仙；明史文苑傳附見其父田汝成傳中。詩女史，收入「四庫全書總目」總集類存目二。提要卷一九二說：

「是書採錄閨閣之詩，上起古初，下迄明代。拾遺二卷，則皆宋以前人也。採摭頗富，而考證太疎。……甚至拾遺之首，冠以南齊蘇小小詞，其詞乃減字木蘭花，尤爲可異。藝蘅未必至此，毋乃書肆所託名耶？」

田書是明嘉靖三十六（一五五七）序刊。乾隆「杭州府志」，謂補遺是李元齡作。田書本來是訛誤百出的輯本，趙書大部承襲，而又加甚其程度。他們所編的「女子文集姓氏字里詳節」，標題就不通，全部不舉出處。有些地方妄誕孤陋到不可思議。例如卷四宮詞十五首，下注「汴梁宮人、宋」。說明：「姓陶名九成，作詩多怨恨之意。」這十五首宮詩實在是採自陶宗儀的「輟耕錄」卷十八，記宋宮殿條。原書明記爲楊煥（廉訪使乾州奉天人）「錄汴梁宮人五言絕句一十九首，雖一時之所寄興，亦不無傷感之意」。楊煥是男人，不是女人；陶宗儀字九成，元末明初男子；鈔錄者，亦非宋宮人。又如：曾布妻魏夫人（名玩，字玉汝，襄陽人）工詩文，（注）朱子語錄謂：「本朝婦人能文，惟李易安與魏夫人。」如此的名人，竟注以「未詳」。翻印本刪去這些說明，倒是並無不可。

這一部書最成問題的是亂標時代，亂寫作者，張冠李戴，男女不分，把許多小說戲劇中的人物，當作眞實人物，而又全不舉出處。例如全書第一首清歌，注「皇娥作」，皇娥相傳是少昊氏的母親，那竟然是堯舜以前的作品了。可是清歌初見於晉王嘉的「拾遺記」，拾遺記是梁朝人蕭綺的僞作，託名於王嘉，算是蕭梁時代的男人作品了。第二首天子謠，署名是西王母，所根據的當然是「穆天子傳」。隋侯夫人的自傷詩，出自唐末韓偓作的「迷樓記」，崔鶯鶯詩見於元稹的「鶯鶯傳」，桂英詩出於元人雜劇「海神廟王魁負桂英」，蘇小卿詩「題金山寺壁」出於王實甫的「蘇小月夜販茶船」。照這樣選下去，林黛玉、薛寶釵都可以成爲歷史上的女詩人了。

卷二答外留別五言詩，署名蘇武妻。這詩實際上是建安七子之一的徐幹爲挽船士與新娶妻別之作，見於「藝文類聚」，玉臺新詠標爲魏詩；徐幹居然變男爲女，嫁給西漢蘇武了。雜詩二首，一首是曹丕擬作，見於藝文類聚；一首是曹植爲劉勳出妻王氏所作，見於宋人邢凱「坦齋通編」引玉臺新詠，都不是王氏（名宋）自作。夜夢詩，題「蕭妃」作，置於唐人中；其實這是梁武陵王蕭紀作的。蕭紀是梁武帝的第八子，這詩見於玉臺新詠卷七、全梁詩卷三，標題爲「和湘東王夜夢應令」。「紀」「妃」一字誤書，變男作女，移梁歸唐了。

卷三蘇伯玉妻盤中詩，玉臺新詠列於傅玄後，是爲晉人；本書置班昭後，認爲漢人。卷四唐劉采春囉嗊曲五首，見於「萬首絕句」中，乃劉所唱才子詞，並非劉女自作；卷五宋若憲作暢酬詩，乃陸暢酬作元和內人詩之誤；姚月華作楚妃怨七言絕句，乃唐張籍作；「有期不至」七絕乃唐白居易作；均係誤以歌者爲作者。唐玉簫別韋臯詩，乃韋臯別玉簫詩之誤。周德華楊柳枝詞，乃唐劉禹錫詩，見於「雲溪友議」。平康妓書紅箋七絕，乃裴思謙詩，見於「北里志」。唐盛小叢作突厥三臺詩，乃南不謙所授，盛小叢所唱，見「雲溪友議」。段東美所作席上贈薛宜僚，是薛宜僚留別段東美之誤。

卷三魏夫人（曾布妻）虞美人七古，是根據惠洪的「冷齋夜話」。宋人胡仔的「苕溪漁隱叢話」卷六十說：

「此詩乃許彥國表民作。表民，合肥人，余昔隨侍先君守合肥，寄借得渠家集，集中有此詩。又合肥老儒郭全美，乃表民席下舊諸生，云親見渠作此詩。今曾端伯編詩選，亦列此詩於表民詩中，遂與余所見所聞暗合，覽者可以無疑，亦知冷齋之妄也。」

卷三收小青（馮玄玄）幽憤詩，卷六收怨題二首，文集卷八並有小青與某夫人書。錢謙益在「列朝詩集小傳」潤集中說：

「又有所謂小青者，本無其人。邑子譚生造傳及詩，與朋儕爲戲曰：小青者，情字正書心旁似小字也。或言姓鍾，合之成鍾情字也。其傳及詩俱不佳。演爲傳奇（案指朱价人「風流院傳奇」，有明德聚堂刋本），至有以孤山訪小青墓爲詩題者。俗語不實，流爲丹青，良可為噴飯也。」

錢牧齋柳如是夫婦，特別重視婦女作家掌故，「列朝詩集小傳」香奩三篇收至一百十九人之多，獨指小青為無其人，時地既近，見聞較確，是小青詩亦為男子好事之作。

這樣一部荒唐不經、錯誤百出的選本，為甚麼四百多年來，流傳不絕。我想有四種原因：第一，社會要求一種婦女詩綜合選本。本書包羅古今，旁及域外，從皇后、公主、命婦、才媛，到天仙、道姑、女兵、劍俠、貞娥、名妓，無所不包，篇幅不多，而內容繁富，具有形式上的代表性鳥瞰性。第二，作者的本事，或屬於奇節異行，感天動地，或早演成雜劇、傳奇、小說、彈詞，家弦戶誦，傾動人寰，容易引人注意。第三，所選詩歌，偏重於言情，妖冶蕩泆；窮愁則廻腸盪氣，逸豫亦沁人心脾。薛濤、魚玄機、朱淑眞三家短詩所收獨多，亦可見其趨尚愛好所在。第四，多數女詩人古典陶冶較少，文章常從三易，抒情白描，聲入心通。既無奇僻之字，亦少雅故之訓，無煩注解，自便誦讀流傳，與玉臺新詠之典雅凝重不同。

這樣的册子，茶前飯後隨便翻翻，作為消遣讀物，原無不可。如果據以談中國婦女文學史，那就流弊百出了。

我希望翻印舊書的書店，多選擇眞正好書。要印的書，不要割裂刪改，不要改變原書的名稱。注明原書初版的朝代年月，更為需要。例如本書的編者趙世杰，是人名大辭典和明史中查不出的人物；如果不知道此書最初出版於明崇禎元年，就不理解書中為甚麼沒有明以後的作品。如果把謝无量著的「中國婦女文學史」和本書對讀，就知道謝書爲甚麼止於明末，並承襲本書多少錯誤，接受本書多少影響了。

一九七四年三月十六日

（書和人雙週刊第二五四期，又見宜園叢刊。）

武則天的故事

武則天是中國歷史上，正名定義統一全國的唯一女皇帝。她是山西省文水縣人，荊州都督武士彠之女，十四歲被選入唐太宗宮爲才人（妾的一種名稱），以潑辣艷媚被太宗注意。入宮十二年，六四九年太宗死時她才二十六歲。剃髮作了尼姑。太宗的兒子李治（高宗）特別欣賞她，秘密教她留上長頭髮。在李治卽位的第五年，偷偷把她接到宮裏，封爲昭儀。次年把她頭生的女兒扼死，誣告說是王皇后害死。高宗相信，就廢王皇后，立她爲后。這時高宗年二十七，她已三十二歲了。高宗昏庸多病，她飽讀書史，能詩文，敢作敢當，逐漸代丈夫裁決政事。凡反對她的，不聽她的，都坐以謀反大逆，免職或族誅。先後殺過歷任宰相長孫無忌、褚遂良、上官儀、裴炎、魏元同等。又殺害大臣數十人，大將數十人，官吏成千上萬。李唐的皇族本家幾百人，高宗的子孫數十人。她自己親生的兒子也殺過李宏、李賢兩個太子。高宗死時，她年六十。先立她所生的第三子李宏爲皇帝，不久廢去，又立第四子李旦爲皇帝。六九〇年公然改唐國號爲周，自稱皇帝，年號天授，改稱幼子旦爲皇嗣，使改姓武。她坐了二十一年皇帝，換了十八個年號。事實上掌握唐代政權達到四十多年。到七〇五年老死，享壽八十二。她的兒子立爲中宗，恢復了唐的國號，尊稱她爲則天大聖皇后。

武則天的男寵有薛懷義、張易之、張昌宗等。薛懷義曾經寵冠一時，用爲行軍大總管，率十八將軍打吐蕃默啜。後來失愛，她就令她的女兒太平公主，埋伏幾十個健壯女衞隊，絪殺後送出宮。張昌宗艷麗如荷花，雖有許多人勸諫攻擊，她還是保護寵倖他。她以爲男皇帝妃嬪，動有千百，她作女王，有幾個寵倖，不算什麼。厨子柳模推薦自己的兒子良賓，潔白美鬚眉，長史侯祥自稱陽道壯偉，堪充內供奉，則天全不隱諱。張昌宗兄弟在她重病中爲宰相張柬之等所殺，擁戴中宗恢復帝位。老太婆臥床憤慨，無可如何，不久死去。

唐陸贄批評武后「收人心，擢才俊，當時稱知人之明，累朝賴多士之用」。淸趙翼說她「知人善任，權不下移，不可謂非女中英主。」近人范文瀾至於說：「在她的統治時期，朝中有才能的文武大臣，幾乎不比貞觀時少，她能聽諫，也多少有一些唐太宗風度。」六八四年徐敬業以一貶竄的司馬，在揚州起兵討伐她，駱賓王爲徐作討武曌檄，罵的很刻毒，很快被武力鎭壓下去，文鬪武鬪，武則天都勝利了。反對黨只留下駱賓王的文章，在古文觀止中流傳。「虺蜴爲心，豺狼成性，近狎邪僻，殘害忠良。殺姊屠兄，弒君鴆母，人神之所同嫉，天地之所不容。」

很像現在大陸上罵江青的話頭。中宗以後，唐代皇帝始終爲武則天的直系子孫，所以唐人批評她的，不好吹求私德，只能推重政績。後來歷史家受這種言論影響，連資治通鑑也說：「當時英賢亦競爲之用」。范文瀾居然說她可以繼貞觀之治，當然是受司馬光的書啓示。凡是一個控制全國的政權，無論皇帝是誰，總會有幾個像樣的大臣，明武宗時有楊廷和作宰相，明神宗時有張居正作宰相，亡國的崇禎也用過徐光啓，昏憒的慈禧太后也用過左宗棠曾國藩，就是好例子。

歷代皇帝因爲飲食男女太自由，色荒酒荒，晝夜忙碌，多數短命。活到七十歲以上的，荒古傳說的帝王不算，漢武帝享年七十一，梁武帝八十六，唐玄宗七十八，元世祖八十，明太祖七十一，清高宗八十九，算有特殊的稟賦。漢武帝晚年弄到父子在首都交兵，梁武帝餓死臺城，唐玄宗郎當逃蜀，乾隆作到軍政一齊腐敗。忽必烈朱元璋是開國名主，晚年也作了很多錯事。人類智力體力衰老有一定歷程，越是老到目不明，耳不聰，越有自信力，越接近倖幸。江青的本領，都已表現出來，在接近退休的年齡，鬪垮失權，無論從那一個觀點看，都並非不幸了。

武則天的年號有垂拱、永昌、如意、神功、大足、長安等字樣，都代表志得意滿，成功業就。劉知幾作思愼賦，（見文苑英華）在武后證聖元年（六九五）卻說：「貴不如賤，動不如靜」，警戒自已「覩芳餌而貪生，處飽肆而神化。」他上書說：「每歲一赦，或一歲再赦，小人之幸，君子之不幸。」又說：「君不虛授，臣不虛受。妄受不爲忠，妄施不爲惠。」他幾句話就勾畫出武則天政府的荒謬措施，可惜寫武后歷史的人，多不注意這些資料，無心的歪曲，加上有意的翻案，於是乎武則天也成了資治革命的典型人物。取法乎武則天，能得到什麼，也就不問可知了。

（一九七六年紐約聯合日報）

謝无量著中國婦女文學史卷四，以十二頁地位談武則天，雜鈔元萬頃、崔融等文字，以爲則天作。如高宗哀册文，昇仙太子碑，均爲崔融作。崔和武三思詩，以爲張昌宗是王子晉後身，誕妄迎合至此洪邁容齋。四筆張鷟譏武后濫官云：「補闕連車載，拾遺平斗量。杷推侍御史，腕脫校書郎。」用人之濫如此。

清代女詩人侯香葉的家庭

彈詞，過去是閨閣中愛讀的文學。有不少彈詞出於女作家之手；作「天雨花」的陶貞懷，作「再生緣」的陳長生、梁德繩，作「筆生花」的邱心如，作「夢影緣」的鄭澹若，尤其有名。南京侯香葉，名芝，實在是許多彈詞的修訂印行宣傳者。

「再生緣」彈詞二十卷八十回，現在能看到的最早印本，是淸道光二年（一八二二）香葉閣主人校，寶仁堂刋本，有自序，日本內閣文庫收藏此本。此外，「金閨傑」十六回，爲再生緣的改本，有道光四年（一八二四）散花園刋本；懷古堂刋本題香葉閣戲筆，幾乎是以改爲作了。「再造天」彈詞十六卷，有道光八年戊子（一八二八）香葉閣刋本，內封面題香葉閣藏版，前有道光六年吳門女弟子宋淑吉序，香葉閣自題詞。侯香葉卒於淸道光九年（一八二九），這三種書，都在她生前印出。「玉釧緣」三十二卷，有道光二十二年（一八四二）文成堂刋本，又有道光間靜觀齋刊本。「錦上花」四十八回，道光三十年（一八五〇）新刊，善成堂藏本，前有嘉慶十八年修月閣主人草書序，圖八葉，有佩香、仲儀、穎香、孫雲鳳、碧雲、鳳吟諸女史題贊；同治十年有寶樹堂刊本，十三年有學餘堂刊本。錦上花前半爲「綿箋緣」，後半爲「金冠記」，原爲二書，被合編爲一。這兩種彈詞的印出，都在她身後了。

侯香葉，在施淑儀編的「清代閨閣詩人徵略」和梁乙眞編的「清代婦女文學史」裏，沒有名字。她因爲有很好的家庭文化環境，所以可以從容編校印行彈詞。她的父親名學詩，字起叔，江寧人，以進士歷官廣東三水知縣、江西撫州知府；因病辭官後，隱居南京。「所爲詩，味幽而氣疎，情暢而義肅，大較似陳無己，而貌加豐焉。」（梅曾亮「侯起叔先生家傳」，見柏梘山房文集卷八。）去世時，年已六十餘。香葉有堂兄名雲錦，字子有，號曇花居士，嘉慶舉人，其詩學黃山谷，有集百餘篇；曾在香葉病苦中，爲序刻其詩集以相慰。（曇花居士存稿序，見柏梘山房文集卷五；侯子有先生墓志銘，見卷十六。）有弟名雲松，字青甫，嘉慶三年舉人，曾官歙縣教諭，工畫，所爲詩：「汪洋而不失之淺易，炫爛而不失之浮艷，則性情之深厚淡遠者爲之。」（侯青甫舅氏詩序，見柏梘山房文集卷六。）侯學詩一門能詩文，自相怡悅；因取徑不同，與同時雄據倉山而主持壇坫的袁枚（隨園），淡然相忘。香葉嫁了同縣人梅沖。梅沖卻是袁枚的弟子，而且很崇拜袁枚，是嘉慶五年舉人。隨園詩話補遺卷三說：

蔣心餘太史，自稱詩仙，而稱余爲詩佛，想亦廣大敎主之義。弟子梅沖爲詩佛歌云：「心餘太史不世獨，請以詩佛稱先生。先生生平不好佛，攢眉入社辭不得。佛之慈悲罔不包，先生見解同其超。佛之所到無不化，先生法力如其大。一聲忽作獅子吼，喝破炎摩下方走。天上地下我獨尊，雙管兔毫一隻手。人間遊戲撒金蓮，急流勇退全其天。小倉山房大自在，一吟一咏生雲煙。有時披出紅袈裟，南天門邊縛夜叉。八萬四千寶塔造，天魔龍象爭紛華。有時敷坐如善女，低眉微笑寂無語。天外心從何處歸，鵲巢於頂相爾汝。眼前指點說因由，千山頑石皆點頭。三唐二宋攝其總，四大海水八毛孔。一心之外無他師，六合以內皆布施。先生卽佛佛卽詩，佛與先生兩不知。我是如來大弟子，夜半傳衣得微旨。放膽爲作詩佛歌，願學佛者從隗始。」

這首詩的滑稽通俗風格，很像彈詞的七字唱，由此可以知道侯香葉的丈夫梅沖，是和她有同樣趣味嗜好的。四種彈詞的修訂，梅沖無疑問是有力的鑑賞參訂者，甚至於是共同工作者。香葉夫婦既崇敬蔣士銓，藏園九種曲，對於他們，也會有相當影響。

香葉的兒子梅曾亮，十八歲拜到鍾山書院山長姚鼐的門下，成爲姚門四大弟子之一，道光二年成進士，官戶部郎中，以桐城派古文名家，著有柏梘山房文集。梅曾亮作過姚姬傳先生八十壽序，用駢文，很像袁枚；那時他才二十五歲。後來很篤信方苞姚鼐的古文義法。桐城派是排斥小說戲曲彈詞一類作品的，他的詩文集裏，全沒有涉及他母親改訂彈詞的文字，是極可玩味的事。梅沖父子的意見，可能並不一致。香葉死時，曾亮年已四十四，那是他中進士任官的第七年了。

梅曾亮以進士授官知縣；但他不願作地方官，捐了郎中，一作二十多年，反映了家庭經濟不太寒苦。

香葉有女名淑儀，號看雲子，著有看雲閣詩。名媛詩話卷十一，錄其自序，略云：「蕉牕日午，每疊韻以消閒；蓮漏風清，應同聲而唱和。更有盤絲嬌女，在掌明珠；慧弄墨丸，艷裁花骨；曉妝臺畔，擁髻徵吟；刺繡牀前，停針默搆；三秋未半，百律告成。乃撚離青之管，細檢瑜瑕；同披虛白之篇，豈煩梨棗。」淑儀嫁了縣尉朱某。可惜她的詩很少流傳。曾亮寄妹詩有「妹詩因病嬾，兒札似文荒。賴有阿甥語，因知嬌女長。」之語，見柏梘山房詩集卷五。

侯香葉的父親、兄弟、丈夫、子女，都能詩文，而且科第聯綿，逸豫壽考，她才有閒情逸致，修訂多種彈詞。遺憾地是她所修改的彈詞原作，不容易全部蒐求到，難以作詳審比較，因而她的成就貢獻，也就未便輕率論定了。

一九七四年三月於臺中

（書和人雙週刊第二五四期，六十四年一月刊）

好好先生與司馬徽

現在說好好先生，是指一個人沒有什麼主張鋒芒，容易隨合他人的。司馬徽別傳（世說新語言語篇注引）記：「徽有人倫鑒識，居荆州，知劉表性暗，必害善人，乃括囊不談議時人。有以人物問徽者，初不辨其高下，每輒言佳。其婦諫曰，人質所疑，君宜辯論，而一皆言佳，豈人所以咨君之意乎？徽曰，如君所言，亦復佳。其婉約遜遁如此。」這是劉宋以前人所記的故事。明末馮夢龍編譚槩，改寫這故事說：

後漢司馬徽不談人短。與人語，美惡皆言好。有人問徽安否，答曰好。有人自陳子死，答曰大好。妻責之曰，人以君有德，故此相告。何聞人子死，反亦言好！徽曰，如卿之言亦大好。今人稱好好先生本此。

三國演義第三十五回玄德南漳逢隱淪寫：「玄德問其姓名，水鏡笑曰好好。玄德再問，伏龍鳳雛果係何人？水鏡亦只笑曰好好。第三十七回司馬徽再薦名士，續寫司馬徽，未卜先知，料事如神，不愧水鏡之名。他在諸葛亮出山之前，就論定「可比興周八百年之姜子牙，旺漢四百載之張子房。」又說：「臥龍雖得其主，不得其時，惜哉！」在故事裏，司馬徽這個人，城府甚深，胸中雪亮，看人看時機說話。遇到適當人適當時機，一開口就論定天下，看透一切，眞是說到好處。

司馬徽的事蹟見三國志諸葛亮傳注引襄陽記說：「劉備訪世事於司馬德操（徽字），德操曰，儒生俗士，豈識時務，識時務者在乎俊傑，此間自有伏龍鳳雛。備問爲誰？曰諸葛孔明龐士元也。」以諸葛亮爲臥龍，龐統爲鳳雛，司馬徽爲水鏡，出於襄陽龐德公，龐德公的兒子山民，娶了諸葛亮的小妹，可見這是一種親戚朋友的組織宣傳。蜀漢有大中大夫尹默，右中郎將李譔，都是司馬徽的弟子，見蜀志卷十二。魏志卷二十劉廙傳記：「劉廙年十歲，戲於講堂上，司馬徽撫其頭曰，孺子孺子，黃中通理，寧自知不？」這講堂也許就是司馬徽授徒之地。荊州破，司馬徽爲曹操所得，未及重用，病死。

在元曲曲江池劇本裏，名妓李亞仙稱其恩客鄭元和爲好好先生。在金瓶梅小說裏，西門慶的妻兄吳大舅勸吳月娘：「落的做好好先生，才顯出你賢德來。」這好好先生都是忍受欺侮，不與人計較的意思。汪怡編國語辭典注「好好先生，謂與人無忤者。」以前大家說國府主席林森是好好先生。國語日報辭典二百頁注好好先生說：「1指沒有主見的人。2爲人和平，不跟人鬧意見的人。」

閑話中山狼

說起了恩將讐報，以怨報德，大家立刻想起了中山狼故事。東郭先生救護了負傷逃走的狼，狼從口袋裏放出來，饑腸轆轆，馬上張牙舞爪，要吃東郭先生。好容易雙方商量好，要問三老評評理，再定該吃不該吃。杏樹老牛都是說東郭先生不是，偏袒中山狼的。最後拄藜杖的老人，要狼作現場表演，騙牠再鑽到口袋裏，東郭先生綑上袋口，乘機會把狼刺死了。這個故事相傳是宋朝謝良作的，收在明陸楫編的古今說海裏。（明嘉靖二十三年雲間陸氏儼山堂書院刊本，國立中央圖書館善本書目中册甲編卷五叢書彙編類，共收有三部）「宋人小說」一百種裏也有。明朝馬中錫，把它改寫，拉長修飾，添枝生葉，收入東田集卷五，成爲一篇典雅生動的寓言傳奇。以後康海、王九思、陳與郊、汪廷訥等四個人，不約而同地，把這故事編成雜劇。康對山的東郭先生誤救中山狼，收入盛明雜劇及酹江集第二十一種。世界文庫收入第四册。遠山堂劇品列入雅品。以爲「曲有渾灝之氣，白多醒豁之語，位置於元劇，在硃砂擔（見元曲選丙集）喬踏碓間，三劇中以此爲最。」孟瑤女士編中國戲曲史，以爲「針線密緻，一氣呵成，文字則以白描爲主，生動而自然，直逼元人之壘」。康海寫東郭先生的唱詞說：「你饞眼腦天生毒，狠辣的心腸，和那膽兒虛，才得個皮毛抖擻，便把恩來負！也是俺兩眼兒無珠，誰引得狼來屋裏居，今日裏懊悔何如！」又說：「你吻兒鼓，爪兒露，這是蛇啣徑寸的報恩珠，俺怎對付？好凄楚，手忙脚亂緊支吾，不住的把天呼！」中山狼故事，藉了小說戲曲的傳播，眞是無人不知，無人不曉了。紅樓夢有一回目是「賈迎春誤嫁中山狼」，迎春的丈夫孫繼祖，不必用力描繪，爲人的不堪就活現了。

中山狼型的人，世界上到處都有，因而中山狼型的寓言，也在世界上到處存在，很難考訂誰先誰後，誰創作誰抄襲。鄭西諦寫過一篇「中山狼故事之變異」，把他所知道的七種變化列表如下：

故事來源	施恩的人	忘恩的獸	獸所遭的困阨	最初評理者	最後作結論者
中山狼傳及中山狼雜劇	東郭先生	狼	爲獵人追迫	牛、杏樹	杖藜老人
中山狼院本	東郭先生	狼	爲獵人追迫	牛、杏樹	土地神
列那狐的歷史	人	蛇	落於網中	烏熊、熊與狼	狐
Steele 的潘約的故事	婆羅門	虎	落陷阱中	Pipal樹、水牛	豺兒

西伯利亞故事	Kirghiz	蛇	鸛的捉食	牛、榆樹	
高麗神仙故事	和尚	虎	落陷阱中	大樹、石神	青蛙
挪威民間故事		龍	被壓大石下	狗、馬	

我在青藤正雄所編「南洋羣島的神話傳說」一書裏，找到一篇聰明的松鼠，也是這種故事。大蛇的尾巴夾在樹的裂縫裏，無論如何掙扎，抽不出來。拿着長槍的旅人經過，劈開樹枝，把牠放出來，蛇馬上纏住旅人要吃他。問了椰子樹和小河，都幫着蛇說話。最後問松鼠，松鼠教蛇再表演看，蛇又夾在樹縫裏，獵人乘機會用長槍把蛇扎死了。這篇回教故事，我曾經翻譯出來，印在馬中錫著中山狼傳後邊，以便比較。（見古今文選一六三期，民國四十三年十一月刊，精裝本第二册。）

我曾經託一位朋友陳先生畫中山狼傳圖，他用四幅畫表現中山狼的四種面目，標爲「叩頭乞憐」、「囊中顫抖」、「張牙舞爪」、「血痕斑斑」，題詩是「張牙舞爪中山狼，厚黑從來壽而康。左計緣何問三老，猖狂不極枉斷腸！」他的詩很有意思。做壞事要壞到底，臉厚心黑，無情無義，窮凶極惡，表裏如一。曹操說：「寧教我負天下人，休教天下人負我」，看看歷史殺父奪位的匈奴冒頓，篡弒自恣的朱棣（明成祖），豈不都安內攘外，長養子孫，神鬼辟易，稱孤道寡。如果一方面陰賊狼狠，一方面還要欺世盜名，惺惺作態，如楊廣、武則天、袁世凱之流，只要有一二分人性存在，就會人格分裂，進退失據，遲早會成爲重鑽入口袋的中山狼。

中山狼要吃救他命的東郭先生，實在因爲餓得受不了。大慈大悲，救命救活，東郭先生如果讀過「菩薩殺身飼餓虎經」，而又從心服膺，身體力行，也許會欣然獻身，毫無躊躇怨艾。人間的恩將仇報，雨覆雲翻，有時候和中山狼的要求不同，不是生理的而是精神的、心靈的。清朝的慈禧太后說：「凡給過我不愉快的，我都不使他好死。」這就比中山狼殘酷難對付多了。東郭先生如果向中山狼交涉，把驢肉獻給他，饒自己一命，中山狼也許會一笑同意，孔融要想逃出曹操的屠殺，薛道衡要想逃出楊廣的謀害，大概是無法可想的，因爲對方要爭取的是拳王式的壓倒同類的快感。

逢蒙跟隨后羿學射箭，學到了八九分，總趕不上先生，最後一箭射死了后羿，以爲從此他是天下第一了。丁公饒過劉邦一命，劉邦得志，先殺了丁公，還說出一篇大道理。陳宮捉放曹操，曹操勝利後，很有人情味兒地送陳宮上斷頭臺。可是劉邦赦免了季布、蒯通，曹操也寬容了張繡和張遼，這些人當初也是竭智盡力反抗打擊過他們的。這又是怎麼一回事呢？分析奸雄們的用心，一方面要表現寬宏大量到無所不容，一方面卻絕不許有人向他市惠賣弄，甚至說掌握過他的生死大關，因爲這是妨害「受命於天」的神話的。自聖自賢的幸運者、權威者，以爲殺了丁公，就消滅了當年危迫驚險的故事，殺了陳宮，捉放曹操也就在歷史上消滅了。楊廣殺高熲，朱元璋殺李善長，裝點皇帝神秘性的用意，實在比猜嫌疑慮的成分爲多。「只有在天上，更無山與齊」，只是為了滿足這種優越感就是了。

逢蒙不是等着先生的肉吃，劉邦曹操也不需要恩人的肉來維持生活，增進地位。楊廣、朱元璋對於幫他取天下的老部屬，更沒有敵愾示威的任何需要，然而這些多少不幸者，卻是血淋淋地作了犧牲，杖藜老人，永遠不見出現。聖人說：「以德報德，以直報怨」，人總是自我陶醉地覺得高狼一等，不愧為萬物之靈，那麼罵狼心狗肺，該是義正詞嚴，理直氣壯，毫無愧赧的了。

一九七三年十月七日於素心園

（文壇一六一期）

記「烏石山房藏書」

國立臺灣大學圖書館，有一批中文線裝書蓋有「烏石山房藏書」圖章。烏石山房藏書，是葉昌熾所作藏書紀事詩裏不曾提過的收藏。烏石山，在福建省會福州城內西南隅，與九仙山東西對峙；唐天寶八年曾改曰閩山，今當地人仍以烏石山稱之。

清末，龔易圖在烏石山西南角經營別墅，有袖海樓、餐霞仙館、啖荔坪、蕉徑、注契洞、淨名庵、南社詩龕諸勝。背仰凌霄臺，肩倚積翠寺，南俯雙江，東瞻石鼓，西望雪峯、洪塘、近矚怡山、小西湖，爲一代名園。

龔易圖，字少文，號藹仁，福建閩縣人，弱冠中咸豐九年進士；由縣令，歷官濟南知府、湖南布政使，凡四十餘年。罷官歸里，積資百萬，廣築園林，徜徉終老。卒年五十九（一八三〇——一八八八）。事跡見謝章鋌作（布政使藹仁龔公墓志），收入碑傳集補卷十八。陳衍（石遺室詩話）卷二十一，記其購海寧陳氏藏書三千餘種詩云：

「高閣料應終日束，名山已悔十年遲。封侯食肉尋常事，得作書癡亦大奇。」

龔易圖著有（烏石山房詩存）六卷，陳衍批評他說：

「天資敏捷，自官文書，以至詞賦，皆下筆立就，不甚思索。詩才雅近隨園，間出入於甌北，身世亦兼似兩人。」

民國十八年（西元一九二九），臺北帝國大學圖書館買得烏石山房藏書，共計三萬四千八百零三冊，其中有不少是珍貴的明版書。當時主持其事的是日本神田喜一郎教授，作價一萬六千八百美元。現在看起來，是非常廉價的書了。

龔氏編有（烏石山房藏書目），有民國間油印本。易圖的高祖父名景瀚，乾隆進士，歷官蘭州知府，著有（離騷箋）（澹靜齋文鈔）。曾祖父式穀，官安徽壽州知州。祖父福康，官湖南靖州知府。丁寶楨曾疏陳其四世政績，付之史館。

日本人當年以臺灣爲根據地，進一步經營福建，在商業上、文化上、政治上，作了種種滲透。龔易圖是（中國人名大辭典）上不見姓名的人物，臺北帝國大學竟會注意到成批買他的書，可見他們對福建社會人事的深入調查。烏石山房藏書搬過臺灣海峽，在當年說，是文物淪陷；隨臺灣光復而重回祖國懷抱，成爲國立臺灣大學的鎮庫書，又可說是特殊幸運了。

閒話靜宜

易經上說：「坤至靜而德方。」荀子說：「虛一而靜，謂之大清明。」老子也強調：「靜勝熱，清靜為天下正。」靜坐始見於韓非子十過篇，儒家道家佛家都看作一種重要修養方法。朱熹說：「讀書閒暇且靜坐，教他心平氣定，見得道理，漸次分明。」又說：「明道（程顥）教人靜坐，李先生（侗）亦教人靜坐。始學工夫，須是靜坐則本原定。」雲笈七籤說：「修鍊之士，常須入靜，大靜三百日，中靜二百日，小靜一百日。」智度論說：「若無禪定靜室，雖有智慧，其用不全，得禪定則實智慧生。」由靜入定，由定生慧，是禪門常說的話。

人在忙碌緊張，感情衝動的時候，看不清楚，聽不仔細，本來記得的事，可以忘卻，本來不難解決的問題，可以毫無辦法。越着急越沒有路走，越亂動越缺乏理智。能夠安靜下來，沈默，不動，心平氣和，見怪不怪，分析看，前後左右想，就會覺得左右逢源，頭頭是道了。

有靜的修養的人，可以處常，可以處變。「垂紳正笏，措天下於泰山之安」，是靜的政治，「在夜不驚，聞變不亂」，「見小敵怯，見大敵勇」，是靜的軍事。「汪汪如萬頃之波，澄之不清，攪之不濁」，是靜的風度。靜是有恆的，如日月之不改常度；靜是公允的，如海面之有水平線；靜是進步的，如草木之默默生長；靜是虛心的，如上帝之傾聽一切的祈禱。人能夠靜，就會研討因時制宜，因地制宜，因事制宜；處家庭能宜其室家，處社會能事事相宜。經邦濟世所追求的人盡其才，地盡其利，物盡其用，就是人地物的適宜安排。在字書上，宜有相安、適合、應當三種含義。人地不宜，人事不宜，不合時宜，風土異宜，無論責任在那一方，有了虛一而靜的大清明，都可以化不宜爲相宜。荀子說：「名無固宜，約之以命，約定俗成謂之宜，異於約謂之不宜。」一個名詞，多數人認爲適宜就成立了。一件事得到多數人的贊同，也就不失爲宜了。所以宜實在是民主思想的簡約說法。

一肚皮不合時宜的人，實在應當嚴正地自我檢討。有失眠症的人，常覺着環境嘈雜，牀不適宜。有胃病的人，常覺着伙食不適宜。開車技術不好的人，常認爲路不適宜。功課準備不充分的，常感到考題不適宜。反過來說，自己的適應性越強，生命力越大，就會左宜右有，無所不可了。「淡裝濃抹總相宜」，「宜嗔宜笑」是因爲有美的本質。翟灝名他的書齋爲無不宜齋，名他的詩集爲無不宜齋詩稿，顯然地，他理解到宜不宜是自己有分的事，可以隨遇而安，也可以改造環境，變荊棘爲花園。

王禹偁貶官到黃岡，蓋了兩間小小竹樓，他說：「夏宜急雨，有瀑布聲；多宜密雪，有碎玉聲。宜鼓琴，琴調和暢；宜詠詩，詩韻清絕；宜圍棋，子聲丁丁然；宜投壺，矢聲錚錚然；皆竹樓之所助也。」這是完全從宜方面想。林黛玉住在大觀園，享受着豪華生活，爲外祖母一家所寵愛，天天愁眉不展，以淚洗面，因爲她總是從不宜方面想。宜是積極的樂觀的，不宜是消極的悲觀的。

北平西郊有個香山寺，景物幽倩，清康熙時改爲行宮，乾隆時整修，定名爲靜宜園，大概取宜於靜養的意思。其實什麼樣的環境才宜於靜修，是很難說的。有了靜謐的心情，自然就有靜謐的環境，陶淵明的詩說：「結廬在人境，而無車馬喧。問君何能爾，心遠地自偏。」達磨面壁九年，未必是沒有干擾。白雲觀的道士們常常選擇燕九節，香火最盛，遊客最嘈雜的時候，露天打坐，大有雷震不聞，山崩不見的風範。這種收視反聽的靜，自然可以作到遺世而獨立。

靜宜學院每年在萬盛節有化妝晚會，大家分別扮演最像的，最滑稽的，最恐怖的，最美的。我想這也許是用動來引入靜，從不宜引到宜。鬼臉嚇不倒人，不宜於白天出現。一切特殊的不平常的，矯揉造作的，都是人爲的，曇花一現的，認不得眞。那麼以本來面目，規規矩矩，正正當當，禮陶樂淑，一步一步成長，就是最可貴了。靜宜學院，顧名思義，所陶冶的應當是健康理智明朗，博學多藝，能適應現代生活的女性，也就是把天國實現在人間世的一種歷程，一種樂園。

本校的命名承自開封的靜宜女校。靜宜女校的命名，出自北平英歛之先生（故臺大教授英千里先生的父親）。北平香山寺靜宜園的一部分，在民國元年改辦爲靜宜女校，命名也出自英歛之先生。嘉慶皇帝題靜宜園見心齋詩云：「虛檐流水息塵襟，靜覺澄明妙悟深。山鳥自喃花自落。循環無已見天心。」英先生的命名，也許從這首詩得到意匠。

（初刊「宜園叢刊」，「中國語文月刊」、「中國文選」月刊曾轉載。

讀建功神社誌

日本侵據臺灣五十年，有兩個他們認爲富有紀念意義的地方：一是士林的芝山岩，一是臺北的建功神社。

芝山岩是一八九五年（淸光緖二十一年）六月日本人最初在臺灣設立學務部，宣傳日語教育的地方。就在這年十二月除夕，抗日的民軍起義，殺死了日語教師六人，搗毀了學務部。日本政府鎭壓了民變之後，便在當地立了「學務官僚遭難碑」，大字刻着內閣總理大臣伊藤博文所作的哀悼文。一九〇五年，總督府的民政長官後藤新平又立了個「崇敎啓道碑」，把所有日本人在臺灣作敎育文化工作而客死的三百多人，都算作豐功偉烈，立碑題名在學務官僚碑的旁邊。一九一五年用臺灣敎育會的名義，向全島募款，並且逼着士林人獻地捐工，剷岩平地，大興土木，修建了新磴道百餘級。到每年二月一日，還舉行大祭。凡是日本人來臺灣工作，或是旅行的人，都要到芝山岩參拜。他們編有芝山岩紀念册，詳紀原委。

建功神社的地址原是在現今臺北市南海路的南海學園。目前國立中央圖書館用作普通閱覽室的穹形屋頂大廳，就是當年的正面享殿。正門前有兩排石頭燈柱，保持着日本神社的遺跡。

建功神社原是日本人爲了紀念那些替日本政府效力而遭死難的人建的；其中，日本人有一萬多，臺灣人有兩萬多。有一本（建功神社神名錄），詳記其名字。當時每年有春季秋季兩次大祭，香燭輝煌，臺灣總督定要親自行禮上香，受祭者的遺族都列隊參加，受到隆重的招待。建功神社的地位，很像現在圓山的忠烈祠，不過其立場迥異，一個是日本的，一個是中國的。

列名建功神社的中國人，有許多是「邂逅及難」的，未必是甘心爲日本人效死。可是他們的遺族一樣受到日本統治者的特別照顧，在經濟上政治上教育上，給予優越的待遇。日據時代臺灣有一部分日語家庭，所使用的語言文字、風俗習慣，完全要跟日本人一樣，甚至改用日本式的姓名。這種家庭，跟日本人受同樣優待，連戰爭期間的糧食配給，也和日本人一樣，與大多數臺灣同胞截然有別。日語家庭和日本人通婚的，也有相當數量，關係更加密切。

例如原籍無錫的陶晶孫，畢業於日本第一高等和九州帝國大學醫學部，那時擔任臺北帝國大講師，娶了日婦，當然是臺灣日語家庭之一。一九四五年八月，日本無條件投降，他們夫婦竟然仍舊選擇了日本國籍，跟隨日本僑民一起回日本。陶某回到日本，才在東京大學得了醫學博士，一九五三年卒於東京大學副教授任內。他參與過上海的「創造社」活動，曾在（創造月刊）上寫過小說，是頗知名的人。臺灣籍的日語家庭，由於財產或其他種種關係，最大多數是正確的選擇了中華民國國籍。

從民國三十四年八月九日傳出日本無條件投降的消息，到十月二十五日我國政府正式接收臺灣，中間有兩個半月之久。日本在臺僑民三十多萬人的動產與不動產，事實上已大部分轉移到與他們接近或有特殊關係的本省人之手。雖然中國政府曾發表禁止日僑財產的移讓，凡是八月九日以後所成立的買賣，一律無效；但在這兩個半月裏，日本人主持的機關，同他們的友好合作，財產轉移於無形的，自然不在少數。以前，中國丈夫可以改用日本姓名；日本投降後，日籍妻子也可以改用中國姓名。從接收的戶籍上看，哪些女性是由日本人歸化，也未必能查出。光復以後許多年，日文書刊以婦女爲對象的，在臺灣有大量銷路，可以透出其中端倪。

臺灣省國語推行委員會成立之初，提出兩個口號：一是普及國語（標準語），一是恢復母語（方言）。臺灣淪陷五十年，日本統治者有計畫的壓抑中國固有文化，截斷中國書報刊物在臺灣的流通，因而在臺灣使用的閩南語及客家語等，限於家庭生活；凡是文化語、現代外來語，都要通過日語才輸入。光復之初，本省同胞不能用純正的閩南語或客家語作講演，母語是停滯而萎縮了。失掉母語的日語家庭，學習起國語來，常常是熱心努力而且成績優異，一方面因爲需要，一方面因爲沒有方言的牽掣。但是在這種家庭裏，有相當時間，國語反而成了第一外國語，國語意識的貫徹就比較困難了。

在中日八年戰爭裏，臺灣同胞被刼持受兵役徵調的，有八十萬人之多。如李光輝君，在日本投降三十年之後，還在印尼山洞中為皇軍效忠，犧牲了寶貴的錦繡年華，這眞是一種悲劇。不過，這只是八十萬分之一的特殊例子。所有的被刼持同胞，精神上行動上早已同中華民族合為一體了。極少數建功神社的神裔，承襲了日語家庭傳統，或母系父系源出扶桑，雖選擇了中國國籍，而思想意識上仍跟大和民族接近，甚或少有不同，這自然是可以原諒的。可是不要忘記，在臺灣同胞裏，自己是絕對少數，絕沒有領導力的。過去的優越遭遇，已經是得天獨厚；現在該克服什麼，懺悔什麼，也無待說明。

沒有八年抗戰，決沒有臺灣光復。內地人臺灣人原本是一體的。二十九年前，我詳讀了（建功神社誌），奉行國策，與以默殺。最近在國外看到一些臺灣青年朋友的刋物，感到這件文獻有一提的必要，因略記於此。

民國六十五年新春於美國印第安納州

（刋國語日報書和人雙週刋二九三期，六十五年八月印）

作了甚麼，該作甚麼？

日本侵據臺灣五十年，集中政治軍事教育經濟的力量，推行日語日文。光復之初，在臺灣長大的知識分子，沒到過內地的，不能用臺語作一篇講演，不能看中文報紙書刊。有相當數量的日語家庭，有不少用日文寫小說寫詩歌散文的作家。像李光輝先生，在日軍降服三十年後還在爲日本皇軍奮鬪不變；像臺北建功神社，前後有兩萬多華人爲日本效力殺身，被尊爲神；日本的殖民地教育不能不認爲相當成功。

八年抗戰，幾百萬的國殤，收復了臺灣領土。三十年的教育，作到了全省的精神光復。現在臺灣的國語教育水準，超過了福建、廣東、浙江、江蘇部分地區，這不能不說是一件大事。何容這一班人使大家承認了現代國家須有標準語，標準語可以用教育力量普及，小學可從注音符號教起，古書可讀標準音，這就掃蕩了日本五十年的文化征服，奠定了發揚中國現代新文化的基礎。

臺灣在全中國文化教育水準上是前進的地區，不是落伍的邊疆地區了。

如果人盡其才，時盡其用，地盡其利，事盡其宜，國語研究所成爲一個充實的學術機構，就具有指導國內外國語教育的權威了。如果王壽康、王玉川兩先生的主張實現，國語羅馬字能推行盡力，譯音符號注音的書大量出版，在華僑教育、外國人華語教育上，也就更有貢獻，另成局面了。可惜有眞知灼見的人少，裝行家，撒絆脚石的人多，兩步作一步走，一步作半步走，也就無可如何了。往年一位名作家，子祥的朋友舒慶春批評他說：『在革命期間，他曾吃過槍彈，幸而是打在腿上，所以現在還能不革命地活着。革命吧，不革命吧，他的見解永不落在時代後頭。』又說：『他不講究穿，不講究食住，外表上是平靜沈默，心裏大概老有些人家看不見的風浪。眞喝醉了的時候，也會放聲的哭，也許是哭自己，也許是哭別人。』舍予也許感到子祥的「行」趕不上他的「知」，也許是諷刺他自制的平靜，減少了人生的活力，然而看到多少不幸人的遭遇，送上自己，也未必有裨於理想的萬一，知白守黑，也就未可厚非了。

子祥七十歲壽辰，我送過一副壽聯說：「柔謙君子，鞠躬盡瘁爲國語；剛方才人，躍馬前驅開太平。」子祥最理解自己智慧能力的分際，從不強不知以爲知，重合作，排偏見，這是柔謙君子了。他從大學生時代就編北平世界日報的國語週刊，以後到大學教書，到教育部主持國語會，以至來臺，五十多年獻身國語教育不變，眞可以說是鞠躬盡瘁了。惟其剛強，才肯躍馬前驅；惟其方正，才能飲彈不變。脫下軍裝，寫散文，編文法，編課本，無所不可，當得起才華內歛。單就國語教育說，蹣跚微步可以，躍馬前進豈不更好？我們希望各方面給從事這一種工作的人，以良好環境，以信賴尊重，使他們能大踏步走路。不以外行指導內行，不可如張則貴之流，造謠中傷，無事生非，那就是國家的幸運了。

子祥早年自已責備自己說：『起居無時，飲食無節，衣冠不整，禮貌不周，思而不學，好求甚解而不讀書。』（見舒慶春文引）凡是肯自己找自己的毛病的人都是了不起的人。我所知道的子祥則是：「工作甚勤，自奉甚儉，待人甚厚，謀國甚忠，博學深思，言有物而行有恆。」他最不可及的是肯助人，肯為朋友服務。凡是拿文稿校樣給他看的人，一定會得到他的種種不同的幫助。我的「容若散文集」、「國語與國文」兩書，他都仔細看了，而且寫了深摯的序文，從他的序文可知他為我消耗了多少寶貴的精力。我為國語日報編「古今文選」、「書和人」兩個刊物，連續二十多年，子祥始終是校閱者，他的精勤負責，常使我有得一閱者可以無憾的感想。

我從民國三十七年（一九四八年）來臺灣，參與國語會國語日報工作，有機會和子祥合作，到現在首尾過了二十八年，去日苦多，精力有限，仰觀天時，俯察人事，揆度性之所近，力之所能，還應該作些甚麼，還可以作些甚麼，有哪些事想了沒說，或說了沒作呢？我們要多想將來，多看眼前，自然就忘了過去，不知老之將至，也就是最對得起生命，最好的養生方法了。

民國六十四年（一九七五）十一月一日於印第安那蒙西市

（錄自洪炎秋編「何容這個人」，民國六十四年十二月國語日報社出版。）

齊鐵恨先生的業績與志事

北平齊鐵恨先生，以蒙古旗人，獻身於中國國語運動，推動江浙國語教育，以標準語音，統一臺灣語言。他以自修成家，從小學教師作到大學名教授，著書滿家。好學不倦，精勤敬事，六十年如一日。我與先生有三十年的友誼，有十二年的親密合作，略知生平志事，因鈎稽年月及手頭資料爲本篇。

一、從籌邊學堂到國語運動

齊鐵恨先生，本名勛，取恨鐵不成鋼之意，自號鐵恨，遂以號行。清光緒十八年壬辰（西元一八九二年即民國紀元前二十年），生於北京香山南麓地藏溝附近。祖籍隸健銳營蒙古旗籍。他五歲喪父，生長在山後秀府外祖王家，從塾師讀三字經千字文及四書。後來入香山前的知方學社，讀完五經。參加京師小學堂及大興宛平各學堂會考，以成績優異，成為知方學社的第一屆畢業生。為了深造，考入滿清政府官立的籌邊學堂，他進的是滿蒙文組，預備在東北蒙古邊疆發展。畢業以後，因家庭生計問題，初任京師西郊第八小學教師，一年後升任西郊第六小學校長，三年後改調西郊第三第四小學校。後來離開西郊，到北京城內，在京師第二十八小學，第十七小學，第八小學，連續任敎十來年。他在敎書餘暇，廣蒐典籍，上下古今，於書無所不讀。參加了北京首創的敎師國語訓練班，接觸了汪怡、錢玄同、黎錦熙諸大師的國語教育言論。他逐漸意識到研究滿蒙文，並無多少書報可讀，改善漢文，使中國語同音為最大多數人最大利益。蒙古人以迅速徹底中國化，站在文化前線，於公私均為有益。因而中華書局出版的國語月刊，王照、吳稚暉、錢玄同等提倡國語的文字，成為他主要閱讀對象。他和語言文字各種改進的主張共鳴，旁究世界語日語英語，作比較參證的資料。對於錢玄同先生音韻沿革史一類大學文科講義，也有了深入理解。他看見民初國會議員們，因為語言不同，形成的地域集團，封建爭執，深感統一語言，為建立民主政治的主要條件。

二、上海二十二年

民國十二年（一九二三）中國最大的出版業，上海商務印書館鑒於全國教育界大勢，出版界需要，編譯所所長張元濟公開徵求國語敎育的專業人才，要求能說能寫、能審查書、有領導熱情的人。齊公以小學教師應徵，居然被聘任了。他以三十二歲的壯年，展開了「圖南」的大業。（國語界把展開華南工作稱爲圖南）圖南是建立標準語的華南基地，如莊子所說的大鵬鳥的上負青天，下乘風脊，渡霄漢，圖度南溟。也隱喻着「圖難」。在北京提倡國語是容易的，在方言亂雜的上海提倡國語，就困難多了。他當時的想法是今日的邊疆在沿海，上海才眞是邊疆。容易的事，用不着「有勇知方」的人作。「三十而立」，自己已到了獨立打天下的年齡，可以赤手空拳開疆闢土了。

在商務他負責編審一切有關國語的書刊，在函授學校設國語科，自任主任。十三年二月吳稚暉先生在上海創辦國語師範學校，自任校長，鐵恨兼任主要教師。臺灣志士流亡上海來入學者有李萬居、陳祺昇、陳其昌、蔡公鐸、陳肇楨等。李萬居於臺灣光復後曾任省參議會副議長，公論報社長，臺灣的國語推行，也多得他的助力。民國十七年九月，大學院公布國語羅馬字拼音法式，鐵公編的國語羅馬字學習書，於十九年十二月由商務印行。二十一年五月，教育部頒佈國音常用字彙，確定國音新標準，採用北京區域制，修改民國二年讀音統一會通過之折中國語。（註一）以京音代折中國語，首倡者爲江蘇教育界，北京教育部之審音委員會，實追隨於後。鐵公之圖南，以實行作示範，實爲幕後功勞者。民國二十年（一九三一）日本人震動於他的大名，曾請他去講學，他在日本參觀了不少大專學校的華語教學，公開講演「中華國語之要素。」他在上海東亞同文書院兼過課，外交官清水董三是他當年的同事。中國語學者魚返善雄博士，中田豐千太教授是他的學生。這年十二月商務所編辭源續編出版，鐵公爲編輯者二十八人之一，署名仍用齊勛。主編人爲方毅、傅運森。

民國二十一年（一九三二）日本侵略上海，炸毀商務印書館，編譯所事實上解散，國語函授學校亦停頓。以後鐵公主要作讀書研究，另外在暨南大學、大夏大學、清心中學教國文國語等科目。上海是學人多圖書多的地方，久住上海使他認識多方面的朋友，讀萬卷書，成爲淵博的學者。

三、臺灣三十二年

抗戰結束，日本降服，臺灣光復。日本侵據臺灣五十年，勵行同化政策，以日本語文爲公用語教育用語，取締華語學校，禁止中國書報入境。其結果到光復臺胞大多數已不能閱讀祖國書報。原來使用之閩南語福州語客家語亦萎縮至不能作講演作文章。政府爲推行國語特在省府設國語推行委員會，遴選專才，主持執行。齊鐵恨先生於三十五年（一九四六）二月，應聘由上海來臺，擔任簡任常務委員，時年五十五。他由國語會推定爲國語教育標準發音人，因爲他的語言和教育部頒佈的國音常用字彙讀音完全相同。國音常用字彙根據白滌洲的語音讀書音。齊和白是同一地方人，教育背景完全相同。齊教國語的方法，最主要的是利用電臺廣播。從三十五年春天起，就開始在中央廣播電臺播國語講座。最初播注音符號的發音，接着播小學國語課本，各種國語會話。小學國語的範教播過許多次。後來播到初中國文、高中國文。最後播到海外大學國文講義。這國文教材都是用國語日報編印的古今文選，正文全部注標準音，附以詳細口語注解和講疏。這廣播爲了聽衆的方便，或在清早七點以前，或在中午午飯以後，最晚在下午晚九、十點以後。一般人普通正當吃飯休息的時候，常常是他笑咪咪地出發工作的時候。這種生活一直延續了十四年，風雨無阻，寒熱不停。祇有電臺發生問題，他沒有因事因病請過假。聽衆寄來的信沒有不回的，疑問沒有不答的，送作業來沒有不批改的。他教了中小學教師，教師再教學生。這是臺灣標準語普及的基本源泉。當然臺灣多少成年的名士淑女紳商各界自修國語，也不少從電臺學來。

除此以外，他還作過臺灣大學、師範大學、臺北市語文專修班的兼任國語教授，經常抽時間出席各縣市的國語討論會、研究會、教學演示會、作講演、解答問題。歷年舉行的國語演說競賽會，他是重要評判員兼講評者。他生活嚴肅，不吃煙、不喝酒、不看電影、不聽戲，唯一的運動是散步種花澆樹。惟一的娛樂是寫字逛書店。他喜讀佛經釋典，常常素食，可是並不避免宴會，也不標榜持戒。他喜歡把書作禮物送朋友和學生。

一九五九年當局竟然認爲臺灣國語推行已完全成功，國語會奉省府令裁撤，鐵公被安置在省立圖書館，住閒，不久就申請退休，仍任國語日報常務董事、主持服務部。一九六八年十二月在和平西路散步跌傷右腿，不良於行，時年七十六。一九七七年七月十五日因心臟病去世，享壽八十六歲。

鐵恨於民國二年與北京舒晨女士結婚，時年二十二。舒夫人賢淑能持家，鴻案相莊，六十餘年，卒於一九七三年二月，壽八十一。前後生子女七人，六人夭折。惟一女永培成立，卒業臺灣師範大學外文系，任職於臺北教育界。永培與郭依棟（柏楊）結婚，生子本城、本垣。與郭離婚後與父母同居，教養二子全引爲一身責任。

四、未完成志事

一九六八年鐵老年七十七，教育部因他獻身國語教育五十周年，特予褒揚，頒贈「功深語教」匾額，給這無職無給的義務工作者。國語日報也曾爲他舉行慶祝會。一般人把他看作功成業就壽考幸運的人。他談起來卻深感投閒置散，有志未遂。他一生想把國語研究專門化學術化科學化，但在臺灣作了多少努力，卻辦不起一個國語研究機構。他倡導創辦國語圖書館稚暉巡迴文庫紀念吳稚暉先生，雖然得一部份朋友熱烈贊同，也沒有成爲事實。他所主持的國語日報服務部想開展對華僑國語教育工作，和對外國漢學者合作連繫工作，尤其期望我能作這工作的先驅。一九六四年我東遊日本，他送我一部「鑑眞東征傳」，（註二）題了兩句「手抉鴻濤浴落日，京都江戶有華音」，教我爲創辦東京同文書院奔走。（註三）一九七四年我決定東遊美國，也想致力於華僑國語教育，臥榻前請求教益，先生以鉛筆寫「青眼高歌望吾子，滿庭蘭桂贊東征」，他還是盼望後進的人在事業上能繼承他的志願。只可惜我沒有先生的氣魄能力。先生的圖南，一子定乾坤，在上海臺灣打開了天下。我的東征，蹀躞四年，只留得「孤軍奔屢北，百折水仍東」的衰年感慨而已。

五、識解與風度

好多人以爲鐵公是好好先生，柔謙下人，把學生晚輩都待以朋友。厭談政治，口不臧否人物。其實他是有熱情有涇渭，有一套思想和人生態度，不輕於表示罷了。他信儒家的樂天知命論和積善思想，信守道佛兩家的人類平等觀，力行儒佛兩家的利他濟度思想。近代學說則信進化論和互助論。他是完全中國化的蒙古人，卻有充分蒙古民族的矜持和堅強。他以爲蒙古人的理想是合天下爲一家，最沒有人種偏見宗教偏見。元朝把財政交給色目人，把教化交給儒道佛，也列可溫，都表示恢閎氣度。藉喇嘛教以消滅戰爭，以控制人口，更是高級思想。語言文字只是一種工具，漢語文包含的智慧量比較多，丟開蒙古文學漢文，並非失算。正如蒙古人攻襄陽，用回教人亦思馬因砲，不用祖傳的弓箭。他以爲尊重提倡弱小民族語文，是最好聽的愚民政策，所以他本身不上這種當。光復之初，有人主張爲臺灣的高山族造一種文字，寫他們的語言，鐵公以爲這是有糖衣的毒藥。僅有二十萬人並無高級文化的高山族，同化越快，越與他們有利。（註四）

鐵恨是說眞話作實事的人。在全國喧騰「國音鄉調的時期，他在上海就教純正北京官話，理由是「我只會敎北京話，不會敎全合乎校改國音字典語音的語言」。在臺灣教育界爭論注音符號適用到小學幾年級爲止時，他笑着向我說，我們且把經史子集的精華全注上標準音再說，因而創刊了古今文選。幾年以後，不少公私立大學居然選用古今文選作大一國文教材了。（註五）古文觀止、四書也有人做我們的體例，全部注音了。注音符號的限用階段，也不成問題了。

古今文選由我二人合編了十二年。鐵公長我十二歲，早到臺灣二年，論學問論資歷都應當由他領班，他一定推我。在校樣上兩人的名字勾來勾去。我向領班工人說：「我是全報總編輯，副刊各版的最後處理也應當由我決定。」工人給他最後校樣看，他很生氣說：「我是國語會元老，何主任也要聽我的。如梁先生固執己見，我就不列名了。」提起筆來，把他的名字勾了。無可如何，遂決定由我領班。他後來向我說：「這樣合乎事實！」又開玩笑說：「你的學歷北平師大東京帝大，比我的籌邊學校響亮些，在嘵讀者有好處。」

古今文選合訂本，賣到新臺幣壹佰萬元時，國語日報的董事會上，李萬居游彌堅兩董事提議付編輯室人員百分之五版稅，事後知道是由鐵恨面託李萬老提出的，李是他在上海教過的學生。他向來是勇於工作，不計較待遇的，這件事頗出人意外。版稅發下，談到編輯室四人分配，他提出他要點五，兩助編各得百分之一，我應得二·五。他說他的勞力相當我們三人勞力十分之一。最初想請他看文選原稿，因爲他太忙，只答應看最後校樣，他很相信我們三人的努力，看大樣他是十分負責的，有問題一定提出來，有錯誤就率直改正了。以後我與鐘方二人商定四人均分，各得一·二五。他總覺得不平安，每次領到版稅，總買幾部書送我。太平御覽太廣記等大書都是寄到東海贈我的。其實文選合訂本的暢銷，和他的電臺廣播有大關係，讀音方面更是全由他決定。書後的勘誤表常常只是注音符號的調號的偶誤，不是他是沒有人能看出來的。古今文選單是編輯室要四人共校八次，在臺灣是錯字很少的刊物。

鐵公寫履歷一定寫上籌邊學堂畢業。一年教育部聘我二人在電臺主講海外大學國文。主管人向我說，籌邊學堂不見經傳，只要師大教授就夠了。問可不可以去掉學歷一項。他很不以為然，說：「我向來是這樣寫，因為學歷止於籌邊學校。滿蒙文的學習給我許多啓示。說文廣韻可以自己摸挲看得懂，注音符號滿蒙文卻是無師不通。」他以為學歷不代表學力，學生聽的是老師的講義，不是要背老師的履歷。他八十二歲時，我在書和人第二二三期為他出一祝壽專號，收鄧綏寧柯遜添先生等八人的文章，我的壽聯是：「金鋼經百鍊，滿蒙華洋資玄鑑；盛業在圖南，京滬臺閩有正聲。」鐵老曾莞爾一笑，以為不失為總括貼切。

鐵公最會安慰鼓舞人。有一年我久患眼病，他向我說：「左丘失明，厥有國語。唐文治晚年瞎眼教書。日本塙保己一以有眼為麻煩，眼是病不倒人的。」（註六）一九六九年我在東海大學退休，他引白居易的詩「道屈才方振，身閑業始專」來鼓勵，使我得到不少力量。

鐵公的著書，名目繁多。國語變音舉例分析輕聲變調，可見他的細密。破音字講義同義異讀單字研究，可見他的切乎實用。國語問題解答厚達四九二頁，均係關於小學教師問答，可見他的精勤。北平的俏皮話兒（中國語文月刊連載），可見他的風趣。他發音的國語留聲片有鳴鳳公

司，益智書局版，流行甚廣。（註七）

國語會國語日報三十年合作的朋友，有的是我總角之交，有的是大學同學，有的是出身錢門黎門的同志好友，有的曾在山東一起開荒，有的曾在北平共度艱難。我和鐵公認識最晚，萍水相逢，卻談得最多，相知最深，密切合作最久。從他家借讀了菩薩殺身飼餓虎經，我才寫仁聖吳鳳傳，和他同遊了士林芝山巖，我才寫芝山巖精神。他喜歡養奇花異卉，每年曇花開時，常招待我品茗賞花，直看到深夜全花顫抖，清香四溢為止。我到東海後，他把兩棵曇花用郵包寄到東海，相隨十七年，越長越旺，一開十幾朵，每到盛開時，也招待客人參觀，想到原主人不在座，就感到十分寂寞惆悵。在東海退休移居素心園後，把它們從大盆移栽地下，當時想不再搬家了，也盼它根深益茂。來美國四年，久別了曇花，而贈花人竟也長離了人間。昨夜夢見在素心園開曇花宴，醒來決意寫這篇紀念文，告海外之棲遲，今又經多；拜良朋之靈寢，未知何日！

註一 民國二年北京教育部召集之全國讀音統一會表決制定之國音，十分之八以上同於北京音，而保留入聲尖音及万兀广三母，為北京音與江蘇音之混合，代表書為校改國音字典（民國九年十二月教育部頒佈，現有民國六十一年臺北開明書店重印本，列為國語文獻叢刊之一。參看拙作「校改國音字典說明」見書和人一九三期。

註二 唐代高僧鑑眞，赴日本傳佈佛教律宗，作有唐大和尚東征傳，記其經過事績。

註三 曾在上海同文書院任敎職之日本人清水董三公使，畢業生魚返善雄教授及中山優教授等，聯合中國籍敎師歐陽可亮夫婦及鐵公擬在東京創辦同文書院，為在華同文書院復校先聲。鐵公頗熱心此事，並勸予及完顏景嘉（出身早稻田大學）參加。歐陽可亮先行，在東京先成立春秋書院，並在國際基督敎大學授華語。景嘉繼往，在霞山會館（日本外務省支持）開華語班。一九六〇年魚返善雄在日本出版新聞專文介紹古今文選，目的在請予等二人支持其同文書院復校活動。惟其事終未成功。

註四 他以為鮮卑契丹女眞人改用中國語文，均與其民族生存發展有益，中國正史中有魏書周書遼金元淸史，可見中國史非漢民族永遠作中心之歷史。彼以為美國黑人地位文化向上，與使用英語有大關係。

註五 臺中私立東海大學一九五五年創辦，卽選用古今文選為大一國文敎材，時為創刊後第四年，該校當時文學院長為吳德耀，中文系主任為戴君仁。

註六 唐文治江蘇太倉人，任無錫國學專修館館長，晚年失明，仍講授不輟，著有茹經堂文集。塙保己一，日本德川時代學者，盲不廢學，編有羣書類從大叢書。

註七 書和人第二百二十二期（民國六十二年十一月十日出版），為齊鐵恨祝八十二歲壽專號，收有洪炎秋、鄧綏寧、朱介凡、柯遜添、張博宇、林良、方祖燊王天昌八人文章，又國語週刊亦出過追悼齊鐵恨先生專號，可以參看。

一九七八年元月二十三日於美國印第安那州蒙西

（刊六十七年三月四日至六日紐約世界日報）

南海路雜記

我從一九四八年（民國三十七年）六月，參與國語日報的創辦設計，七月間決定任總編輯。十月六日由北平起程來臺。十一月十九日報紙在臺北正式出版。到現在經過三十年。我一生耗費精力之多，時間之久，無過於本報。當初報社創刊在臺北市舊建功神社，就是現在南海路北的中央圖書館。現在就當年創業留下印象的事，略述一二，以備他年報社史的補白。

一、通俗注音報的興趣

黎錦熙錢玄同兩先生都是提倡國語，鼓吹注音報刊的偉大作用的。北大師大的一部分學生受他們的影響，從多方面努力，想實現各種注音刊物。民國十二（一九二三）年我和同班王錫蘭、蘇耀祖就創辦過一種注音兒童週報，由當時的北京中華書局發行，石印四開一張，全部手寫注音。

銷售對象是師大女師大附小學生。每期約賣兩千份，很快就賣完。中華書局因買賣零碎，不注意發展銷路，利潤有限。每月僅肯發給五十元書券作爲稿費。當時稿件頗踴躍，而手寫工楷，加以注音上石，則費時甚多，大家以爲苦事。以後終於停刊。這是我讀大學預科二年級時的事。民國二十年至二十三年，我在山東省立民衆教育館主持研究實驗部，出版民衆週刊，銷至三萬多份。選擇報中精華編爲注音民衆叢書，全部注音，橫排，語辭分書，出到二十多種。另在山東平原縣新文字實驗區出過一種農民報，十天一小張，也是全部注音的。當時因爲拼排太困難，不然民衆週刊，也就整個注音了。民國三十六年（一九四七）北平創刊的國語小報三日刊，用中華書局製的五號長仿宋字排。編此報的樊月培、董汰生、曹端羣都是在山東民教館編民衆週刊，注音民衆讀物的老朋友。我之決定拋開一切牽掣，到臺灣辦國語日報，實在源於特殊的興趣和信念。

二、朝陽門創業會議

從報紙發表教育部要在臺灣辦注音國語日報消息，我就和關係友人蕭迪忱（教育部國語會駐會委員）王玉川（臺灣國語會常委）王壽康（北平國語小報社長）等連繫，表示願參與工作。部聘魏建功社長到北平見面，三言兩語就決定請我作總編輯，因爲我們都是錢玄同先生的學生，相知有素。建功尤其看重我的日文陶冶日本文獻修養，以爲可以針對日本五十年教育立言，最爲理想。當時內戰方急，全國鼎沸，我也感到這是惟一有益於國家的工作。拋下的北平職務是平明皿報總主筆和一個大學的兼任教授。

民國三十七年七月二十八日上午十一時偕靜如應魏建功社長家宴，同席僅副社長王壽康曹端羣夫婦，地址在朝陽門內大街路北八十三號，主旨在談國語日報作法。建功說，比之大公報，他自己去吳鼎昌，負責籌劃經費社會關係，壽康管社務行政，如胡政之，要我作張季鸞。又說，決大計，三人占從二人言。如三人各執一見，從總編輯意見，亦如大公報成例。三人中予年最幼，建功之開誠佈公如此。

是日結論爲創辦一國語的教育的科學的現代的平民化的報紙。爲便於利用保存，取小型，求精練。選擇新聞廣告，不要誕妄不合事實的新聞，不要有害失實的廣告。全報教材化，深入淺出，偏重教育文化新聞，向純教育性報邁進。初步以學齡兒童爲主要對象，逐漸增加成人閱讀資料與學術性程度。以後國語日報發展，大體照此方針進行。

時魏太太王碧書已在北平故宮博物院工作，女魏乃、子魏至魏重均願在北平就學，內人頗懷疑其長期留臺灣決心。

三、創業七週刊

國語日報創刊，教育部撥開辦費有限，加以金元券貶值，許多人以爲事無可爲。新聘編輯邢海潮，由滬飛來，問明各種情形，即決定返滬。助編李華瓊亦就職未久，棄職西歸。建功因決定以個人友誼，在臺灣當地作家中請求義務主編週刊。十月二十八日與予聯名宴請各副刊主編，共七人如左：

黃得時　臺北人，臺灣大學中文系副教授，主編鄉土。

夏德儀　字卓如，江蘇人，臺大歷史系教授，主編史地。

張雪門　浙江鄞縣人，幼稚教育家，時任北投育幼院長，主編兒童。張著有幼稚園研究、幼稚園課程編制等書。

曹端羣　江西人，北平女高師畢業，原任北平國語小報編輯，曾任濟南民衆週刊編輯。全編家常。

齊鐵恨　北平人，國語會常務委員，主編國語研究週刊。

朱兆祥　福建龍溪人，厦門大學西南聯大畢業，主編臺語研究。

何　容　河北人，時任國語會主任委員，主編周末，收小品文。

當時編輯費沒有，車馬費沒有，稿費也幾乎少到等於沒有。主編人爲了邀稿請客，也要自掏腰包。黃先生等都支持了很長時期。他們基於社會服務精神，動於國語日報的報格，無條件犧牲精力支持它，這是非常可感謝的。

四、一分錢的賠賺

國語會出版物，因爲非營利性質，定價常在印刷成本以下，各種集會時也常以出版物無代價贈人。最初報社經理部多調用國語會人員，大家均無營業觀念，只求能作到再生產。報份從創刊時的五百份增到五千多份，虧累也一天天增加。到四十年五月，月虧八千元，估計再賠六個月就要隣於破產。六月常務董事會通過要我以副社長名義，總攬人事業務全權，暫兼經理，尋求生存之路。略一核算成本會計，才知道每賣一份報賠錢一分，並不能維持再生產，所以賣報越多，虧累越增。又發現發報人員負擔已達極限，增人則虧累更多，故長期以發行五千份爲得計。這時才感到經理非用專業人員照報社正規經營不可。泉州街劉博輝先生，時開一小麵舖賣切麵，談起來才知道他是河北薊縣人，辦報世家。他的叔父劉豁軒先生曾任天津益世報總主筆，燕京大學新聞系主任。博輝畢業大學經濟系，曾任天津益世報副經理兼營業主任多年，一切頭頭是道。益世報因播遷運機器來臺。後主持人改變計劃到新嘉坡辦印刷廠，博輝遂以失業。予因推薦博輝接任報社經理，一切照報社發行成規處理。首改報價由賠一分變爲賺一分，整理中縫廣告，一月收支遂能平衡。以後報份一直線上升，到四十二年（一九五三）三月報份增到一萬三千份，每月有盈餘三萬多元，可以逐漸充實各種設備，報社基礎遂以奠定。古今文選單售價格比報紙定價高一倍，單行本利潤在成本一倍以上，仍能暢銷國內外。開明活頁文選，臺灣書店活頁文選，香港友聯書局活頁文選市場逐漸爲古今文選所代替，至於先後停印。

五、國語會的圖書

圖書資料爲研究編輯的重要憑藉。國語日報創刊之前先有了一個略具規模的資料室。在國語會成立以前，建功神社一度改爲民衆教育館館長王潔宇先生，教育館有圖書部。光復之初，開明商務中華世界等大書店都在臺北設分店，本省固有書店也爭着蒐購大陸新書。民教館王館長應時蒐羅，市面流行書籍入藏不少，新文學書尤多。民教館書爲國語會所接收，實爲報社編輯部基本典籍。魏建功社長在北平曾爲國語會蒐購語言文字研究典籍。其中包括趙蔭棠藏書大部分。趙蔭棠字憩之，河南鞏縣人，畢業北京大學國學門，研究聲韻文字之學，曾任教北京大學輔仁大學中法大學，著有中原音韻研究一書，多年蒐書頗多。趙赴蘭州作事，妻子在北平生活困難，遂以所有書整批賣於國語會，其中頗有罕見版本，如吳稚暉先生手草，民國二年教育部印行的「讀音統一會進行程序」，卽在趙氏藏書內發現。(此一批書國語會結束後，由教育廳圖書館接收，後移交師範大學圖書館)。此外有一批建功神社藏書，關係日據時代重要文獻，如建功神社志，建功神社神名錄，芝山嚴紀念册、臺灣教育沿革志、臺灣名勝舊蹟志一類書，都是用日文寫的，我抽暇全部看了一遍，我有些文章是針對這些書寫的。如不在國語會作事，就沒有這種方便了。古今文選編輯室成立後也注意蒐購一部分書。我因在臺大師大兼課，得利用兩大學的圖書館。後來得梁實秋院長的協助，移編輯室在師大圖書館附近，那眞是非常的支持愛護了。

六、注音漢字的校對

國語日報必需有獨立的工場，因爲注音漢字爲一般印刷工場所無有，爲一般印刷工人所不能排。報社在創辦之始特別訓練了一批工人，注音字排起來比不注音字難得多，在校對上也許要加工一倍半。看注音符號就比看漢字難，看調號細如牛毛，一不注意就滑過去。齊鐵恨、何容都是傑出的校對家。我因校全報大樣，過費目力，鬧眼病很久。古今文選前四百期初版者校對最精審，因經過四人八次細看。凡因紙版損壞、重新排版者，均有問題。一九七四年春，予離臺灣前尙曾要文選十餘期重排大樣細看，視力耐心已大不如前。去年十月書和人第三二二期印予所作「張岱評傳」，卽由臺北寄大樣到海外細校。印出後未發現有錯字，實爲一大快事。國語日報社曾印注音三民主義建國方略等十種書，三十餘萬册，用紙裝訂，均極草草，而校對殊爲精審。未有上等紙精裝本留下，殊爲可惜。近年臺灣所印書，印刷裝訂均有長足進步，而校對則每況愈下。予曾舉謝无量著八種書在臺北重印，封面著作者署名竟無一不誤，實足驚人。（見六十七年三月十六日國語日報語文周刋第一五一〇期）國語日報初期負責校對人員如李靜昌女士、劉玉琛先生等均爲大學畢業，有充分編輯能力。編校不分，可以何容董事長久任總校對爲證明。希望報社能永久維持精編精校傳統。

七、蓮園的皮鞋

一九五一年六月，我最初總攬社務，人事還沒安排就緒，有空職就暫兼起來。最多時的職務是副社長兼總編輯兼經理兼採訪主任。晝夜星期日均上班，可以算眞正專任了。全精力用於報社，私生活都招顧不到。一天代表報社出席蓮園的報業公會，馬星野、謝然之、李萬居、范鶴言、王惕吾、朱庭筠等社長均到，開了兩個多鐘頭的會，快散會了，到蓮園大廳外一個角落的厠所解手。解手後想伸伸腿舒散一下。用力太大了，一脚踢到一個樹墩上，右脚上的皮鞋幫和鞋底整個脫離成兩塊，無法走回會場。想找一條繩子綑綁到一起，也找不到。最後在垃圾箱裏找到幾條馬簾草繫上，在厠所左右徘徊了十來分鐘，聽門外社長們的汽車都嗚嗚發動，才溜回會場，取出皮包，在暮色蒼茫裏，偸出蓮園，跳上一部三輪車，喘一口大氣，感到免於丟醜上報了。當時最怕華報朱庭筠社長看見。他不會放鬆這一條花邊新聞。華報一登出來，國語日報的工人知道負責人一窮至此，前途可想，技術較好的工人會另行高就，三年訓練，化爲流水，印刷廠會出現土崩瓦解不可收拾的局面。

八、計字作文與夫婦合作

我爲國語日報寫的第一個專欄是「中國的海軍」，約二千字，登在創刊第二號上。國語日報每版約排四千字，所以我爲副刊寫專號如吳鳳傳、連雅堂、芝山巖等文，都在三千字上下，略配補白短文卽可成爲一期。書和人每期可排一萬二千字，我所寫的人物傳記，名著解題，大率恰好排一期，當初設計一小時可以看完一篇。古今文選以注解翻譯爲主，作者及原書介紹可長可短，通常是在注譯作完定稿之後，核算字數，有空白多少地位，我卽寫參考資料或讀後感補足起來。書和人外來稿件長短無定，補白文也長短無定。例如書和人第二三一期登費海璣先生作「湯顯祖與莎士比亞」，補白文關於湯臨川與莎士比亞約二千二百字，第二〇三期登湯承業先生作「李德裕的相業與學業」，配補文閒話平泉莊與素心園偶記，均關於李贊皇者，約近五千字。這因爲我手頭有些多年寫好的筆記，可以找出鈎抹，隨時鈔錄應急。

「君敎幼稚園，我編兒童歌，艷說猴吃桃，全家笑呵呵。」我爲兒童版寫過些試作的兒歌，有時早上登出來，下午國語實小的幼稚園就學唱，在園的幼兒就學會了。又寫過一個故事叫「猴吃桃」，女兒在臺北市兒童說故事比賽會中說，得了第一名，當時大報上當作新聞登，全家都高興。故事是一九三五年三月，我在保定第二模範小學，聽南開大學教務長黃子堅先生說的，覺得意匠很好，所以改寫出來。故事的出處，到現在也沒查出來，猜想是美國人編的，因爲黃先生是留美學生。我還改寫過一篇童話叫「唔哩唔哩唔」，利用笛聲的重複構成，聽王壽康先生爲我兒子說過，很悠揚動人，就把它寫出登在兒童版，也不知是王先生所編還是重說，當時沒有問明白。那時感到經心用意爲自己的兒女辦報，左右逢源，隨編隨印，馬上收到閱讀效果，使我的小家庭四人，過得「窮而樂」，這眞是萬金難買了。

一九七八年元月二十六日於美國印第安那州蒙西大風雪之晨

山東諺語集序

諺語的價值，到現在已經不需要什麼說明了。簡單地說，它是眞正民衆經驗的產物，代表着民衆的思想、信仰、希求、願望；說明了民衆的生活，風俗，習慣，可以供給民俗學、社會學、語言學、文學各方面的研究參考。

中國民間文藝研究的興起，是最近十年的事，雖然二千年前就有一部詩歌總集詩經。努力較多，成績較著的是北京大學的歌謠研究會，和廣州中山大學的民俗學會。前者所收集的偏重於北平江浙以及各地方的歌謠傳說。後者所注意的是兩廣吳越以及臺灣南洋山嶺中苗傜的民歌。他們所作的書，所出的刋物報告，已經不少。不過就收集的範圍說，歌謠傳說只是民間文藝的一部分，在情趣橫生，移人神志上，也許容易引起文人學士的愛好。講到流行的普遍，教育意義，社會意義的重大，它們遠不及諺語和歇後語。就收集的地域說，孕育中國古代文明的齊魯，產生水詳傳那樣傑作的山東話的探討，更是不容漠視的。本館因此補充他們的工作，作山東民間文藝的徵集，於歌謠，民間傳說，謎語等之外，兼注意諺語與歇後語。

半年以來，承全省各縣源源寄送。關於諺語，尤其可欣幸的是蒙鄒縣馬又龍先生寄來其先人東泉先生所輯的魯諺二卷稿本。據作者自序，這本書始輯於嘉慶乙亥（一八一五），定稿於道光庚戌（一八五〇），先後經過三十五年之久，所以收羅頗爲豐富。有了這個稿本，諺語的收集，便算立了基礎。取得又龍先生的同意，我們便決定把它改編。因爲原著用詩韻分類的方法，在現在已不適用。改編的時候，最初想按諺語的內容分類，但幾經嘗試，覺得很難有適當的劃分，而且意蘊不很明白的諺語，仁者見仁，智者見智，也未便以少數人的主觀，武斷決定。因此着眼於檢查的方便，完全依首一字的讀音排列，（音的讀法據最近國語統一會所定的新標準。）只有農事諺語一部分，原著本來把它獨立，現在也還仍其舊。舊有序跋例言題詞等，也附錄於後，以供參考，並訪得馬東泉先生事略一篇，殿於卷末，以資紀念。

諺語本是旋生旋滅的。魯諺收輯者，致力雖勤，但現在看起來，也還是不完不備。我們更就各縣徵集所得，以及個人所知道的，選拔精萃，酌量補入，前後計增二百餘條。歷城張品庭先生的民間諺語，恩縣劉淑英女士的農諺選鈔，恩縣民諺，滋陽杜翰卿先生的文俗格言錄，濟寧李聯棠先生的濟寧民諺集，都曾供給不少資料。

諺語和歇後語本來很有分別。舉其重要者，如諺語偏於規勸而少於譏諷，歇後語則偏於譏諷而短於規勸。諺語或單句或數句不定，歇後語則大率一句分作兩段。諺語是實際經驗的結論，歇後語則有時出於空想。但魯諺輯者，對此則不甚分別，書中混雜歇後語不少。改編時雖酌加删汰，然仍未能淨盡，且亦有介乎諺語與歇後語之間者，如「狗不吃屎，欺天！」「肝花腸子一丈五，沒良心」，之類，只好存之。此外如字句大同小異，含意完全一致者，原書亦多重見。今酌爲選擇，大要以簡單明瞭通俗者爲準。如「打人莫打臉」，與「打人休打臉」複見，則取「莫」而去「休」，因「莫打」爲今日山東之流行語也。亦有文俗不易分辨者，則存其一而注明「一作……」。至語相類而意不同，或意同而語句結構相去稍遠，則皆並存之。

魯諺原書偶有簡注。編者於標點校訂外，對於方音土語，及有關地方故實之諺語，不易了解者，亦酌爲註釋，則加「案」以別之。其極少數未能明瞭者，則闕疑以待考。

從諺語中所見的山東民衆思想風俗究竟如何，此爲關心民衆教育者所欲知。然此種結論，非經過總合比較研究，殊不精密。本書之編製，在客觀的提供資料，於輕率的論斷批判，不欲多贅。然敢斷言書中於暴露事實，表現社會心理，必不乏有價值處所，足資各方面注意。就一時所憶，隨手舉之，如「小子早上學，閨女早裹脚」之教義，現尚支配山東都市農村一部分人心。濟南市上常見四五歲之纏足幼女，即受此等諺語之賜。又如「餓死不做賊，屈死不告狀」，可見民衆對於司法觀念。「家有五斗糧，不作孩子王」，可見社會對於小學教員的生涯感想。「打到的媳婦，和到的麵」，可見舊社會下的婦女待遇。「與人方便，自己方便」，可見相忍爲活的民族態度。「前程是錢成」，「父作高官子登科」，「六年清知府，十萬雪花銀」，可見有清嘉道年間考試與吏治的一斑。至記述事實，有時亦足發人深醒，如「下了雨地裏長，不下雨囤裏長。」「年成歉一歉，富豪攢一攢」，揭破豪紳地主利天災以兼併小農，簡捷明快而實爲社會所不甚注意。「賣鞋的赤脚行」，「賣扇的手遮涼」，「千年荒地無人耕，耕起來有人爭」，暴露社會病象，尤屬言之有物。

諺語是民衆悠久的產物。內容自然也光怪陸離，包羅萬象，有和旭的春風，有嚴肅的秋霜，有侵淫滔天的禍水，也有屯土掛柳的堤防。舉其內容的複雜，如「有子萬事足」，「早生兒子早得濟」，「不孝有三，無後爲大」，「多福多壽多男子」，代表一種思想。「一兒一女一枝花，多兒多女多寃家，無兒無女賽仙家」，就代表另一種思想。「秀才學醫，泥裏托墼」，說明儒與醫之同源。「教書帶行醫，下十八層地獄」，卽係對於儒醫的深惡痛絕。此外如「眞相好，勤上賬」，係對於從靈向肉的中國式的交際提出另一意見。「做到老學到老，一樣不學拙到老。」是很精闢的成人教育的格言。「汗血錢，輩輩傳，買賣錢五十年；衙門錢，當時還。」是對於生產勞動的禮贊。諸如此類，精金與砂礫雜揉。如何把它提鍊，選擇，改造，使適於作現代民衆教育的資料，這種工作有待於我們的繼續努力。

這本書重新整理的時候，參與編訂的有崔西澤、莊鏡如、董汰生、錢永年諸先生。共同商定體例的有董渭川屈凌漢兩先生。廣賴羣力，始有結果。付印有日，因略記緣起及所感如此。

一九三二年三月十六日於濟南大明湖濱

〔附注〕山東諺語集，民國二十一年濟南山東省立民衆教育館初版。朱介凡先生編入中國謠諺叢刊第一輯中，民國六十三年（一九七四）有臺北天一出版社影印原排本。

開明版散文集序

本書原版收五十篇文章，是從三十四年（一九四五）到四十五年（一九五六）寫的。新版補入十篇，在臺中寫的，來美國後寫的各有五篇。最晚寫於今年四月，全書前後包括我三十二年的作品。

「論用客卿」作於綏遠黃河套陝壩。日本投降消息傳來，我負責籌劃綏遠省政府的復員，想充實改善包頭歸綏等地的工廠礦山水利電源，夢想利用日俘和俄美技術人員，為加強國際合作認識而作此文。最初發表於陝壩奮鬪日報。三十五年北平平明日報天津大公報先後轉載過。「關於王昭君的歷史與文學」，三十五年春作於歸綏，發表於歸綏民國日報。是年十月天津益世報轉載過。綏遠是蒙漢混居的地方，日本人和偽蒙疆政府更加意分化，險象環生。本文想從漢蒙歷史上建立親和觀。

鄭成功、吳鳳、芝山岩、連雅堂等篇，以臺灣史蹟人物爲題材，把久經歪曲誤傳的日文書刊記事改寫。三十七年十月——我來臺北創刊國語日報，任總編輯，蒐求資料，針對當時需要，寫了這些文章。

吳稚暉、新文章、現代散文、演說十講，改文章，教兒童作文，美國國語課本等篇，主要倡導標準語統一，言文一致，研討教材現代化，古今兒童教材比較等問題。

史記一書在臺灣特別流行，我也被派在臺大、師大、靜宜學院開過這課。如何綜合分析，如何使史記和其他典籍會通，如何使古書爲今用，如何免於讀死書，想以我的讀書隨筆，供學生參考。本書收了五篇。

偏見、誤會、一見鍾情、紅顏薄命等篇，涉及人情事理的分析，上下古今，縱橫世界，我自信是想了又想，看了又看的提示。如何周密客觀，鞭辟入裏，雖不敢說，無意於矯枉過正，或夸飾聳聽，卻是敢於自信的。

我編過一套高級職業學校用國文，各單元找不到適當課文的時候，就振筆自寫。「工程師與橋樑」、「水利導師李儀祉」是爲工職寫的，「養鷄與養蜂」是爲農職寫的，「貞德與南丁格爾」是爲護理學校寫的。

大學回憶、遺書、臥病雜記、懷本師等文，是把個人生活片斷回憶具象化，也只是水墨素描，淡淡着筆。「摘酸棗」是我比較滿意的一篇。我常喜歡走人沒走過的路，寫人沒寫過的題目。四十三年八月過得很輕鬆愉快，所以寫了這些題目。

我相信文學的使命，在溝通人間的隔膜。這隔膜包括了民族與民族，國家與國家，宗教與宗教，男人與女人，科學與迷信，乃至財產知識的階級，道德性情的差異，古今老幼的代溝。我沒有多少力量，只是像匡衡鑿壁一樣，挖個小洞，通點兒光明罷了。「道德是無國界的」，「沒圍牆的地方」，文章是那樣平衍無力，居然國內國外有刋物肯登出來，我卻是感到良心上的愉快而安慰。

我相信歷史的眞善美是一件事。大史學家追求眞，大藝術家也追求眞。眞的存在，僞的終於不存在。「讀左忠毅公軼事」，「王同春開發後套的故事」，也都是訂正一部分訛誤傳說。王同春一篇訂正的是小學國語課本，編譯館當年肯採用我的記事修改，也算是難得的遭遇了。

我相信民主政治精神的養成，從人人不作人上人，過平民生活開始。臥病雜記、張銘芳先生、白香山在日本等短文，寫得都很賣力氣。我不喜歡瀧崗阡表、晝錦堂記一類文字，因爲它把官民分開了。在美國看汽車一篇，說汽車不成一個階級，也是推衍這個意思。

讀本書的朋友們，也許想知道有關作者的人時地。凡文末附注年月日的，都保留了。當初失注的現在無法補出。作者一九〇四年生於河北省行唐縣西孫家樓村，過鄉村生活十一年。行唐縣城住過三年，正定城內住過四年，北平前後住過十六年，天津前後住過兩年，保定兩度住過一年半，濟南住過三年，綏遠住過一年半，臺北住過九年，臺中住過十七年。日本三次住過兩年五個月，美國已住過兩年多。國內旅行到過青島曲阜泰安徐州南京上海杭州瀋陽長春張家口太原寧夏。國外旅行到過平壤、漢城、東京、大阪、京都、舊金山、支加哥、底特律、紐約、華盛頓。妻傅玉安，生長北平，原籍湖北江陵，民國二十四年六月在北平結婚，有一女一子，均已成立結婚。住居臺中市東海大學退休宿舍爲東海北路一二四號素心園。現在美國旅行中。

開明書店劉甫琴經理給我信說，本書經過二十年，紙版損壞，無法重印，打算全部重排，雲天萬里，鄭重問我有無補訂的地方。旅中粗看舊文，覺得不想修改什麼。手頭有未曾結集的雜文若干篇，兩相比照，無格格不入的氣氛，有一脈相通的思路，因而附加十篇，以酬謝開明當局多年深厚的友誼照顧。前人說，「雖延壽命，亦悲荒凉」，而飽歷滄桑，本色未變，則亦可以告慰於讀者。

書中文字最初發表的報紙有陝壩奮鬭日報、歸綏民國日報、北平平明日報、天津大公報、益世報、臺北市中央日報、聯合報、國語日報、紐約聯合日報、世界日報共十種。雜誌也有十種，都附注文末。

統算起來，大部分是爲國語日報寫的（中央日報很多是轉載），那是我的中年，以全力量貢獻於一個默默無聞的小報。在我是非常可紀念的事。全書自始是剪報的偶然結集，沒有經過選擇和計劃安排，因而形式上不免雜亂，對於我的幼稚思想，粗俗風格，卻是有相當代表性，因而全稱命名也不予修改了。

民國六十五年（一九七五）四月二十六日於美國印第安那州蒙西市綠荆街

談書集序

讀書而不通目錄學，如旅行而不看地圖。有豐富收藏而無詳審目錄，如有廣大領土而無實測輿圖。書誌學發展爲圖書館學之重要部門。有書誌學之協助，古今典籍，可以貫串，中外典籍可以溝通。一般人知如何查書選書，適應本人需要程度而提高知識水準，增加自修效率。研究專門學術者省流覽冥搜之功，減強記卡片之勞，易於深入，接觸問題中心。吾國古代所謂校訂書籍，辨章學術，如劉向、魏徵、鄭樵、馬端臨之所爲，實卽就全國典籍，選擇板本，編定門類，鑑別內容，以便利多數學人，其性質殊近於近人所謂學術目錄，或稱爲書誌學。

余早年頗多嗜好，栽花種樹，養魚鳥，收古錢，奕棋之類，無所不好。十一二歲以後，逐漸轉移於看閒書，蒐典籍。家本大族，高祖以來，有堂曰崇實，宗祠之外，兼備婚喪用具，如花轎靈車桌椅飲宴用具等。先人所集重要典籍，如正經正史，通鑑畿輔通志之類，盈箱溢架，在萬册以上，均在崇實堂。宗祠既改辦小學，藏書稱爲圖書室。師長伯叔父輩，以能多記書名比賽兒童智力，頒賜獎品，四十人中，余常得第一。此等書當時既不能讀，內容亦全無所知。及入縣城高級小學，始見三國演義等小說，躭讀至廢寢食。暑假回里，發亡父秘藏書箱，則小說傳奇之類具備。以語羣從兄弟，各家搜尋，互相交換，看閒書之風大盛。同族長輩，以看此等書爲有害，兄弟行多無藏置自由。余早年喪父，家母偶以閱彈詞消遣，因而亦不禁余閱小說傳奇。村中此類書陸續集中予手者在百種以上。煙薰火燎，汗漬油膩，版本又多惡劣，余始終保存之。二十六年十月，日寇陷滋南鎭，宗祠學校全部書物，付之一炬。余家所有書，亦喪失無餘。

十九歲入北平師範大學。師友多飽學藏書之家。比鄰琉璃廠有新舊書店百數十家，爲千年來全國古籍薈萃淵藪。書商邃於版本目錄。每隨師友訪書，多聞掌故，習見珍秘。崇實堂幼年陶冶之橫通典籍知識，亦常使書店經理刮目相視，以爲藏書家子弟，可以互相交換典籍，莫測所有也。既從楊遇夫先生讀漢書藝文志，又從袁同禮先生學圖書學，遂有獻身書誌學之志。琉璃廠隆福寺書店暇日必往。春節廠甸半月露天書市，更爲常課行走。嗜好相同者，易於結交。余得識柯蓼園、傅藏園、董綬經、夏蔚如、甘鵬雲、瞿宣頴等前輩，皆以書故。師友過從較多者，亦多因借書。徐祖正先生教余外國戲曲，余專訪借讀者則爲其所藏裙釵文庫，朱希祖先生以晚明史籍，周作人先生以民俗學與日本版書。同學中王重民與予爲敦煌書同好，孫楷第爲小說同好，王芷章傅芸子爲平劇同好，陳固庭梁嘉彬楊鴻烈爲日本書同好，高卽吾梁古愚爲醫學書同好。一九四八年臺灣之行，旣失藏書，亦別書友，孤陋寡聞，無可補救。

余留學日本兩年，赤門帝大圖書館，藏書頗豐，借用亦便。居近神田，書肆雲連，宛如北平琉璃廠。文求堂近本鄉，爲東京漢書總滙。經理田中慶太郞，曾批校重印莫友芝郘亭知見書目，蒐奇集異，手眼靈通，頡頏北平之王文進孫殿起。東京有長澤規矩也教授，京都有神田喜一郞博士，均熟於漢籍佚書古本，偶有論列，淵博贍洽，葉德輝繆荃孫等，不是過也。一九四三年余得日本國際文化振興會資助，一九六四年得美國亞洲協會資助，前後得在日本作訪書旅行者五閱月。江戸京都奈良大阪之圖書館博物館，名山古刹無不至。公私庋藏，恣情漁獵，照像複製，開拓見聞不少。

一九三一年七月起，余曾旅寓濟南大明湖濱者三年，頗得讀山東省立圖書館書，摸挲漢畫堂羅泉樓之寶藏。一九三二年七月曾于役杭州，讀杭州圖書館書者十日。一九三八、三九兩年有研究室於國立北平圖書館，略窺全國學術目錄全貌，接迹文津閣全書精華。一九四五年負責綏遠省府接收，遂得見巴盟公署文獻，及綏遠通志稿本。一九四八年起，任職臺灣省國語會，所見爲日本建功神社秘籍，及趙蔭棠先生舊藏文字音韻學書藏。居臺北九年，臺灣大學、中央圖書館、南港史語所圖書館藏書，亦曾奔波利用一部。

余任教臺中東海大學十二年，校方委以蒐購中日文書籍責任，並曾爲購書去日本三月。惟忙於教讀，購書雖勤，而利用閱讀則有限。

一九七四年四月退休來美國，因住居方便，得見密西根大學、普林斯敦大學，及國會圖書館中日文典籍寶藏，昔年所欲讀而未暇，訪求而未見者，往往而在。加以借閱抽印便利，整理有助，閒居多暇，遂攤檢叢殘筆記，核對成書，爲序跋書評一類文字，三年之內，得十餘篇，逾十餘萬字，實非初意所敢望。因予退休之歲，記憶力銳減，暈眩失眠，自分已與任何學術絕緣矣。

余生平讀書，偶有所見，多作札記。卡片、小册，原書天頭下脚，字裏行間，不擇地書之。行草小寫速記符號，惟取省便，個人以外，難於辨識。早年所記，略存册簿，來臺所書則或留卷頭。如評續修四庫全書提要，係綜合昔年所記關係公案及書上筆記爲之。評重修清史藝文志，則昔年讀清史稿藝文志筆記與重修本眉批合成，因重修本頗承襲舊書訛誤，數十年前之筆記亦仍可適用。至於評普林斯敦大學中文善本書志及評中國人留學日本史兩書，則重點在詳細介紹作者，並補充原書所缺少關係資料。建功神社誌，細菌屠殺關係文獻，評介東亞先覺志士記傳，記綏遠通志稿等，均屬於罕見文件，或記人之所不肯記，或言人之所不忍言，或論人之所不能論，說眞話，存信史，則不敢不勉。其論民國圖書總目錄，國際文化交流，論臺灣出版事業者，則出於多年之深思熟慮，平心靜氣，立言爲世界人類不爲一時一地，啓多聞於來學，冀河清之可望。人類之智慧德性日在進步中，余之夢想，必有實現之一日。

因彙印余近年所作筆記書評，遂蒐集昔年所作序跋論評文字之相近者合爲一書，得四十餘篇。最早之山東諺語集序，作於一九三二年，最晚者作於今年七月，包括四十五年作品。余興趣廣博，多閱雜書，惟從未敢強不知以爲知，妄論不細讀之書。評劉氏中國文學發展史，因余治文學史數十年，功力辛勤，或與作者相近。作書目答問編訂與索引，因余教目錄學二十餘年，於此等入門書，眞知灼見，有出於時賢道聽途說之外者。卽其答問學生，偶有典籍月旦，如論史記關係書五種，評歷代女子詩集等短文，亦必依據翔實，字斟句酌，不敢作依違支離，廻避主題之言。

短文書序攔入，時亦存有微意。明沙文庫書目序記滋南梁氏宗祠書之概況及毀滅。八年抗戰中淪陷區類此之事，蓋以千萬計，窺豹一斑，可以類推。三訂中國文學史書目敍例，顯示余無法印出四訂書目，因爲事實所不可能。漢譯美國國語課本緣起一文，則存余特殊趣味，三年來人力物力之協助，全無可望，而余亦垂垂衰矣。去日苦多，人生實短，含志未逮，有始無終之事，蓋亦夥矣。談書集者記予之務廣而荒，不自度德量力，焦勞於爲人之學，旣違仁者言訒之訓，尤愧拈花微笑之傳。老聃出關，終留未吐之言；康成傳家，尙存囉嘍之文；在碩學爲不得已，在淺人爲不知止。呑砒旣多，習齋遂有四存；大辯不言，莊生妄撰七篇。知其不可而爲，是爲嗜好。易安不云乎，王璠元載之禍，書畫與胡椒無異，長輿元凱之病，錢癖與傳癖何殊。鶯啼猿嘯，任哀樂之不同，春蚓秋蟬，聊自鳴其天籟。附錄友朋序余文四篇，兒子一成文六篇，足大衍之數，以取吉祥；留嚶鳴之迹，用謝蒼穹。

一九七七年八月二十六日於華盛頓

（談書集一九七八年由臺北藝文印書館印行）

滄海叢刊已刊行書目（一）

書名	作者	類別
中國學術思想史論叢（一）（二）（三）（四）（五）	錢穆	國學
中西兩百位哲學家	黎建球 鄔昆如	哲學
比較哲學與文化	吳森	哲學
哲學淺識	張康譯	哲學
哲學十大問題	鄔昆如	哲學
孔學漫談	余家菊	中國哲學
中庸誠的哲學	吳怡	中國哲學
哲學演講錄	吳怡	中國哲學
墨家的哲學方法	鐘友聯	中國哲學
韓非子哲學	王邦雄	中國哲學
墨家哲學	蔡仁厚	中國哲學
希臘哲學趣談	鄔昆如	西洋哲學
中世哲學趣談	鄔昆如	西洋哲學
近代哲學趣談	鄔昆如	西洋哲學
現代哲學趣談	鄔昆如	西洋哲學
佛學研究	周中一	佛學
佛學論著	周中一	佛學
禪話	周中一	佛學
都市計劃概論	王紀鯤	工程

滄海叢刊已刊行書目（二）

書名	作者	類別
不疑不懼	王洪鈞	教育
文化與教育	錢穆	教育
印度文化十八篇	糜文開	社會
清代科舉	劉兆璸	社會
世界局勢與中國文化	錢穆	社會
國家論	薩孟武譯	社會
紅樓夢與中國舊家庭	薩孟武	社會
財經文存	王作榮	經濟
中國歷代政治得失	錢穆	政治
黃帝	錢穆	歷史
中國歷史精神	錢穆	史學
中國文字學	潘重規	語言
中國聲韻學	潘重規	語言
還鄉夢的幻滅	賴景瑚	文學
葫蘆・再見	鄭明娳	文學
大地之歌	大地詩社	文學
青春	葉蟬貞	文學
比較文學的墾拓在臺灣	古添洪 陳慧樺	文學
從比較神話到文學	古添洪 陳慧樺	文學
牧場的情思	張媛媛	文學

滄海叢刊已刊行書目（三）

書　　　　名	作　　者	類　　　別
萍踪憶語	賴景瑚	文學
讀書與生活	琦　君	文學
中西文學關係研究	王潤華	文學
文開隨筆	糜文開	文學
知識之劍	陳鼎環	文學
野草詞	韋瀚章	文學
現代散文欣賞	鄭明娳	文學
陶淵明評論	李辰冬	中國文學
文學新論	李辰冬	中國文學
離騷九歌九章淺釋	繆天華	中國文學
累廬聲氣集	姜超嶽	中國文學
苕華詞與人間詞話述評	王宗樂	中國文學
杜甫作品繫年	李辰冬	中國文學
元曲六大家	應裕康 王忠林	中國文學
林下生涯	姜超嶽	中國文學
詩經研讀指導	裴普賢	中國文學
莊子及其文學	黃錦鋐	中國文學
浮士德研究	李辰冬譯	西洋文學
蘇忍尼辛選集	劉安雲譯	西洋文學
文學欣賞的靈魂	劉述先	西洋文學

滄海叢刊已刊行書目（四）

書名	作者	類別
音樂人生	黃友棣	音樂
音樂與我	趙琴	音樂
爐邊閒話	李抱忱	音樂
琴臺碎語	黃友棣	音樂
音樂隨筆	趙琴	音樂
水彩技巧與創作	劉其偉	美術
繪畫隨筆	陳景容	美術
現代工藝概論	張長傑	雕刻
戲劇藝術之發展及其原理	趙如琳	戲劇
戲劇編寫法	方寸	戲劇